苏轼集

〔宋〕苏轼 著
张一南 编校

山东文艺出版社

本书词选自朱孝臧《东坡乐府笺》，参以龙榆生整理本
本书诗选自王文诰《苏文忠公诗编注集成》，参以《苏轼诗集》孔凡礼整理本

目录

苏轼小传——天才的骄傲与落寞 / 001

青年时代
（二十三至三十五岁）

昭君村 / 020
和子由渑池怀旧 / 021
次韵子由岐下诗　横池 / 022
客位假寐 / 023
妒佳月 / 024
送刘攽倅海陵 / 025
石苍舒醉墨堂 / 026

外任时代
（三十六至四十四岁）

出颍口初见淮山，是日至寿州 / 029
十月二日，将至涡口五里所，遇风留宿 / 030
游金山寺 / 031
戏子由 / 033
送岑著作 / 035
吉祥寺赏牡丹 / 036
六月二十七日望湖楼醉书五绝　其一 / 037
六月二十七日望湖楼醉书五绝　其二 / 038
六月二十七日望湖楼醉书五绝　其四 / 039
六月二十七日望湖楼醉书五绝　其五 / 040
试院煎茶 / 041
和陈述古拒霜花 / 042
吴中田妇叹 / 043

赠孙莘老七绝　其一 / 044
秀州报本禅院乡僧文长老方丈 / 045
法惠寺横翠阁 / 046
饮湖上初晴后雨二首　其二 / 047
新城道中二首　其一 / 048
山村五绝　其一 / 049
山村五绝　其二 / 050
山村五绝　其三 / 051
於潜僧绿筠轩 / 052
唐道人言，天目山上俯视雷雨，每大雷电，但闻云中如婴儿声，殊不闻雷震也 / 053
有美堂暴雨 / 054
除夜野宿常州城外二首　其一 / 055
自普照游二庵 / 056
佛日山荣长老方丈五绝　其五 / 057
临安三绝　其三　石镜 / 058
和述古冬日牡丹四首　其一 / 059
洗儿戏作 / 060
无锡道中赋水车 / 061
戏书吴江三贤画像三首　其二 / 062
杭州牡丹开时，仆犹在常、润，周令作诗见寄，次其韵，复次一首送赴阙　其一 / 063
行香子（携手江村） / 064

江城子（凤凰山下雨初晴） / 065
贺新郎（乳燕飞华屋） / 066
浣溪沙（四面垂杨十里荷） / 067
沁园春（孤馆灯青） / 068
浣溪沙（山色横侵蘸晕霞） / 069
小儿 / 070
江城子（十年生死两茫茫） / 071
江城子（老夫聊发少年狂） / 072
减字木兰花（贤哉令尹） / 073
和文与可洋川园池三十首　筼筜谷 / 074
水调歌头（明月几时有） / 075
和孔密州五绝　东栏梨花 / 076
阳关曲（暮云收尽溢清寒） / 077
读孟郊诗二首　其一 / 078
读孟郊诗二首　其二 / 079
文与可有诗见寄云：待将一段鹅溪绢，扫取寒梢万尺长。次韵答之 / 080
浣溪沙（簌簌衣巾落枣花） / 081
永遇乐（明月如霜） / 082
中秋见月和子由 / 083
百步洪二首并序　其一 / 085
闻辩才法师复归上天竺，以诗戏问 / 087
登云龙山 / 088

月夜与客饮杏花下 / 089
西江月（三过平山堂下） / 090

黄州时代

（四十五至五十岁）

吴江岸 / 092
予以事系御史台狱，狱吏稍见侵，自度不能堪，死狱中，不得一别子由，故作二诗授狱卒梁成，以遗子由，二首　其一 / 093
予以事系御史台狱，狱吏稍见侵，自度不能堪，死狱中，不得一别子由，故作二诗授狱卒梁成，以遗子由，二首　其二 / 094
己未十月十五日，狱中恭闻太皇太后不豫，有赦，作诗 / 095
御史台榆、槐、竹、柏四首　其一 榆 / 096
御史台榆、槐、竹、柏四首　其二 槐 / 097
十二月二十八日，蒙恩责授检校水部员外郎黄州团练副使，复用前韵二首　其一 / 098
十二月二十八日，蒙恩责授检校水部员外郎黄州团练副使，复用前韵二首　其二 / 099
正月十八日蔡州道上遇雪，次子由韵二首　其二 / 100
二月二十六日，雨中熟睡，至晚，强起出门，还作此诗，意思殊昏昏也 / 101
游净居寺并叙 / 102

梅花二首　其二 / 104
初到黄州 / 105
定惠院寓居月夜偶出 / 106
次韵前篇 / 107
寓居定惠院之东，杂花满山，有海棠一株，土人不知贵也 / 108
五禽言五首　其二 / 110
少年时，尝过一村院。见壁上有诗，云:“夜凉疑有雨，院静似无僧。”不知何人诗也。宿黄州禅智寺，寺僧皆不在，夜半雨作，偶记此诗，故作一绝 / 111
西江月（世事一场大梦） / 112
江城子（黄昏犹是雨纤纤） / 113
正月二十日，与潘、郭二生出郊寻春，忽记去年是日同至女王城作诗，乃和前韵 / 114
寒食雨二首　其一 / 115
徐使君分新火 / 116
江城子（梦中了了醉中醒） / 117
定风波（莫听穿林打叶声） / 118
浣溪沙（山下兰芽短浸溪） / 119
西江月（照野弥弥浅浪） / 120
哨遍（为米折腰） / 121
洞仙歌（冰肌玉骨） / 123

菩萨蛮（风回仙驭云开扇） / 125

念奴娇（大江东去） / 126

南乡子（霜降水痕收） / 127

临江仙（夜饮东坡醒复醉） / 128

卜算子（缺月挂疏桐） / 129

定风波（常羡人间琢玉郎） / 130

橄榄 / 131

东坡 / 132

题沈君琴 / 133

行香子（清夜无尘） / 134

学士时代
（五十一至五十八岁）

海棠 / 136

满庭芳（归去来兮） / 137

题西林壁 / 138

次荆公韵四绝　其三 / 139

浣溪沙（细雨斜风作晓寒） / 140

惠崇春江晚景二首　其一 / 141

和人见赠 / 142

西太一见王荆公旧诗，偶次其韵二首 其一 / 143

虢国夫人夜游图 / 144

水龙吟（似花还似非花） / 145

书鄢陵王主簿所画折枝二首　其一 / 146

戏用晁补之韵 / 147

书李世南所画秋景二首　其一 / 148

郭熙秋山平远二首　其一 / 149

赠刘景文 / 150

木兰花令（知君仙骨无寒暑） / 151

八声甘州（有情风万里卷潮来） / 152

木兰花令（霜余已失长淮阔） / 153

泛颍 / 154

刘景文家藏乐天《身心问答三首》，戏书一绝其后 / 156

减字木兰花（春庭月午） / 157

青玉案（三年枕上吴中路） / 158

谷林堂 / 159

蝶恋花（花褪残红青杏小） / 160

南歌子（寸恨谁云短） / 161

岭南时代

（五十九至六十六岁）

壶中九华诗并引 / 163

慈湖夹阻风五首　其三 / 164

发广州 / 165

四月十一日初食荔支 / 166

荔支叹 / 167

食荔支二首　其二 / 169

纵笔 / 170

和陶赴假江陵夜行郊行步月作 / 171

和陶拟古九首　其一 / 172

和陶归去来兮辞 / 173

和陶影答形 / 175

被酒独行，遍至子云、威、徽、先觉四黎之舍，三首　其一 / 176

纵笔三首　其一 / 177

纵笔三首　其二 / 178

庚辰岁人日作　其一 / 179

庚辰岁人日作　其二 / 180

汲江煎茶 / 181

澄迈驿通潮阁二首　其二 / 182

六月二十日夜渡海 / 183

予昔作《壶中九华》诗，其后八年，复过湖口，则石已为好事者取去，乃和前韵以自解云 / 184

梦中绝句 / 185

苏轼小传——天才的骄傲与落寞

在谈论中国文化的时候，苏轼总是一位绕不开的巨人。诗、词、文、书、画，乃至宗教、服饰、饮食，哪个领域都能见到他的身影。他的精神已经融入了中国人的精神，而不同时代的中国人，也对他有着不同的理解。

苏轼是一位绝顶的天才。宋神宗曾经问大臣："苏轼比前朝的李白怎么样？"大臣回答说："苏轼有李白的才华，李白没有苏轼的学问。"苏轼有着跟李白一样的奇思妙想，上天的娇纵也给了他像李白一样的豪爽放达，同时，他又拥有李白所没有的厚重的学者气质，实际上兼具了唐人和宋人的长处。

这样一个旷古无双的苏轼，究竟是怎样的天才呢？

林语堂说，苏轼是"快乐的天才"，好像他不管遇上多么倒霉的事，都可以没心没肺地快乐起来。在我们的印象里，苏轼一辈子都是惨兮兮的，不是在流放地，就是在被流放的路上，但是他永远是高高兴兴的，永远在琢磨流放地有什么好吃的。

其实，苏轼的一辈子，有大起，有大落，更有不好不坏的尴尬处境。他说自己“上可陪玉皇大帝，下可陪悲田院乞儿”。这不光是因为苏轼天生随和，而首先是因为他的人生经历就有这么宽广。所以，我们读他的诗词，也得知道，哪首是在玉皇大帝身边写的，哪首是对着悲田院乞儿写的。有些时候，你觉得他的官当得也不大，但他是真的快乐，不需要这方面的天赋就可以快乐。有些时候，他写自己快乐，其实他一点也不快乐，只是在设法让自己快乐起来。这是中国读书人自带的本事。这不是中国读书人没正形，而是他们担负的东西太多太沉重，必须有一个平衡机制，让他们不至于被压死。所以，读书人的担当和放达不是不相容的两个东西，而是必须统一在一个人身上的。

在我看来，苏轼其实是一位骄傲的天才，与生俱来的才华给了他骨子里的骄傲。因为足够骄傲，所以他才可以随遇而安，才可以做“悲田院乞儿”的朋友。有时候，苏轼也会放纵自己的骄傲。而他人生的磨难，不在于做的官小、去的地方偏，他的骄傲让他并不真的在意这些。他的痛苦，在于他的骄傲被摧毁了。所以，苏轼其实是一位人生极丰富的诗人。

士林的宠儿

苏轼出生于四川眉山一个普通的读书人家庭。普通到什么程度呢？他的二伯才是他们家第一个进士，他的祖父还是那种坐在村口跟乡亲们聊天，听说儿子中了进士高兴得不知道怎么办才好的乡下老爷子。据说，苏家的祖先是初唐的文章大手苏味道，不过，那是几百年前的事了，自从宋朝以来，没听说他们家再出过当官的。这倒也不是因为苏家没文化，而是跟宋初蜀地的文化氛围有关。

唐朝灭亡那年，蜀地就建立了割据政权“前蜀”，后来变成“后蜀”。每逢乱世，四川盆地总是要割据，因为这里是物产丰富的“天府之国”，“蜀道”又易守难攻，兵荒马乱的时代把门一关，只要统治者不是太差劲，总能过得相对舒服。

在唐末五代的乱世里，前蜀皇帝王建居然还带着一帮文人幕僚，编纂了诗集《才调集》和词集《花间集》，总结了唐代的诗词文化。特别是《花间集》，成为后来宋词的起点，王建这个功劳，简直不逊于建安时的曹操带着幕僚为五言诗奠基。苏轼后来那么看得起词，把自己的一生怀抱都写进词里，只怕也是跟蜀地的词学氛围分不开的。

一个过得还算舒服的割据政权的故地，在新的大一统时代到来时，对统治者难免会格外生分。所以，宋朝刚建立的时候，蜀地很少有人到朝廷里做官。当然，这时候的士人不是不读书了，只是没有考科举的热情。过了几代，看统治者还算上道，才渐渐愿意考试做官。苏轼的二伯破空考了个进士，不是因为他家祖坟冒青烟了，而是因为到这时候蜀地读书人才开始有做官的风气。传说，苏轼的父亲苏洵小时候不好好念书，到二十七岁才突然发奋，这恐怕也不是因为他自己开窍了，而是这时候蜀地的风气转变了。

苏轼并非出身于什么世家，但他这个人天生带着读书人的清贵之气，从来没有畏首畏尾、患得患失的毛病。这是因为他虽然身处偏远，从小阅读的仍然是儒家的经典和中华文明的精华，仍然以君子的标准要求自己。同时也因为宋代尊崇士人，读书人都有一种崇高感和使命感。苏轼这代人自幼成长于这样的风气下，他们的家庭出身早已不重要了。

苏轼二十二岁那年，跟弟弟苏辙同榜考中了进士，这个年纪在进士里是非常小的了。那一榜的主考官是欧阳修，欧阳修慧眼识才，在那一榜为宋朝录取了一批政治上、文学上的杰出人才。欧阳修最欣赏的门生还是苏轼，对这位后辈的褒奖也是不遗余力的，他曾说："读轼书，不觉汗出，快哉快哉！老夫当避路，放他出一头地也，可喜可喜。"及第前后，苏轼已经在当时的士林中有了极好的口碑，前辈大佬们都认为他是"国士"，是这一代人中最有出息的，对他寄予了极高的期望。

在苏轼之前，科场上流行“太学体”，就是京城太学里教出来的一种写作套路。说起来他们也是复古，也是写古文，好像是在反对骈体文的套路。但是他们从来没本事把自己的主观情志清楚明白地讲出来，主要是他们其实也没有什么主观情志要讲。所以，他们只好仍然在形式上下功夫，尽量把文章写得难读，好显示自己很厉害。这其实已经失去了写古文的意义，形成了新的套路。欧阳修早就烦透了这一套，所以在科考中一点也没给“太学体”好脸色。

这时候，欧阳修看见了苏轼这位来自蜀中的少年。同样是写古文，他就可以把话说得特别明白。能把话说明白，其实是因为他自己想得明白，透过他干净的文字，可以看到他深刻而独立的思想。这样的天赋，是那帮东施效颦的太学生比不了的，难怪欧阳修会拿苏轼当宝贝。这种以意为主、深入浅出、洞悉世情人心的可贵风格，其实在苏轼一生的创作中一直被保持下来，并随着他的年龄增长日臻化境。

苏轼在及第前后还不大写词，此时他写的诗在今天看来，也还比较稚嫩，还是带着点太学体的劲头，有点逞才，总想让人看见：我这么年轻就能写这么长的诗，看见什么就能写什么。这些少作中并没有产生经典。他当时写下的《昭君村》，感叹王昭君美色倾国而命运无常，冥冥中似乎成了他自己一生的谶语。

四年后，苏轼应当时最具权威性的“贤良科”考试，获得了第三等的名次。不要小看这个第三等，在宋代的人才选拔考试中，第一等和第二等一直是虚设的，就连这个第三等，在苏轼之前，也只有一人得过。欧阳修等执掌科考的前辈给了苏轼极高的赞誉，说他是宋朝至今从未出现过的伟大人才。据说宋仁宗回去高兴地对皇后说："我今天给子孙找了两个宰相。"他说的就是苏轼和苏辙。从这件事也就可以想象，当时的苏轼在士林受到了怎样的宠爱。

尽管是这样难得的人才，朝中大佬还是没有给苏轼特别的照顾，仍然让他按照正常的规则，从最低阶的官做起。他们认为，越是这样的年轻人，越不能惯着，要让他得到最充分的锻炼，将来才能成为栋梁之材。就这样，苏轼获得了"大理评事"的职级，做了最低阶的清流官，并出任凤翔府签判，作为地方官的副手，去实习政务。这一次虽然也是离开京城，但这是按照惯例的历练，不是一种惩罚，而是进入官僚体制后的必经之路。

这段日子，在苏轼的一生中，算是比较得意的。但是在当时，这位少年似乎还是不够满足。烦琐的实务、无趣的长官，让这位少年诗人感到无聊，他偶尔会写诗发发牢骚。那个时候，他大概已经隐约感觉到了一些人对他的不友好，但他还是相信，自己会成为这个国家最了不起的人，眼前的委屈不会是生活的常态。

凤翔任满后，苏轼回到京城，官阶略有提升，曾做过负责给皇帝提意见的谏官，还有负责修史的史官，都是典型的清流官，地位尊崇，在儒家传统中都是令人羡慕的。苏轼就这样沿着通往宰相之路平缓地行进着。

落寞的逍遥

但是，也不是每个大佬都那么喜欢苏轼的，比如王安石。

今天我们知道，苏轼和欧阳修、王安石同列“唐宋八大家”，是比肩的巨人，实际上苏轼是他们的后辈。苏轼考科举、做小官的时候，王安石正是炙手可热的政治人物，苏轼在王安石面前是没有平等对话的机会的。

苏轼考科举的时候，王安石就不喜欢他。为什么不喜欢呢？不是因为苏轼这个小孩子哪里得罪了王安石，也不是因为王安石是坏人。只不过王安石是出了名的“拗相公”，什么事都喜欢独出己见，老有跟周围人不一样的看法。王安石大概觉得，你们都说这个年轻人好，我可不看好他，我比你们都英明，我能看出他的毛病来。

那么，当时的苏轼有没有毛病呢？

王安石说，这个年轻人的文章都跟《战国策》似的，要是我主考，我就不录取他。苏轼一辈子写文章汪洋恣肆，文气很盛，确实像《战国策》，这一点，王安石看得也很准。可是，《战国策》有什么不好呢？这为什么会被当作苏轼的毛病呢？

《战国策》里的辩士对策，都是很浮夸的，经常不是以理服人，而是以气势压人，有诡辩的因素。王安石是在说，这个年轻人太浮夸了。你们觉得他好，是被他的文气镇住了，其实他这文章里头有故弄玄虚的成分，好多内容都是诡辩。平心而论，这些毛病，苏轼是有的，特别是在早期表现得更明显。王安石看苏轼的缺点，也是一针见血的。当然，是否应该因为这个缺点把一个年轻人置于死地，就是另一个问题了。

苏轼回京任职期间，王安石在宋神宗的支持下，开始了变法。当时，跟苏轼年纪相仿的青年官员纷纷积极参与到变法中来，只有苏轼显得异常安静，仍然埋头做他的言官，没有跟王安石合作。抱负不凡的他，一定觉得这不是自己该有所作为的时候。

苏轼三十四岁的时候，王安石的变法波及了科举领域。王安石要彻底废除诗赋考试，只考策论，这意味着，人才选拔将不再考虑君子的风度修养，只考虑处理实际事务的施政纲领。王安石的这项改革确实是太激进了，并不符合人才选拔的实际。一个年轻人仅仅在头脑中有一套施政纲领，而没有君子风度的保证，其实很难算是高级的人才，他不仅有可能做坏事，更有可能做蠢事。作为言官的苏轼，上书反对王安石的提议。宋神宗采纳了苏轼的意见，驳回了王安石的主张。这一年，苏轼作为考官，给国子监的学生出的考试题目里，也有讽刺王安石的意思。这是苏轼作为一个年轻的清流官表达不满的方式。

两年后，苏轼离开京城，到杭州去做通判。按照制度，京官外放是正常的工作调动，他们的原有官阶会保留，一般还会升一点；到了地方上，他们都拥有很大的行政权力，在老百姓眼里，仍然是了不得的官老爷，同时又没有了在京城的某些压力。所以，京官外放本身也不是一种惩罚。

苏轼做的通判就是杭州太守的副手，等于是见习杭州太守，杭州本身也是好地方，他到了杭州，过得是很逍遥的。杭州有好多好吃的，他在杭州也有很多朋友，天天都在吃吃喝喝，吃得都烦了，以至于他说，杭州是“酒食地狱”。当然，没朋友的人到了杭州，也是不会有这个待遇的。

但是，对苏轼这样被期许为未来宰相的人来说，离开京城，不能留在皇上身边，就不能施展自己的抱负了。所以，这样的京官外放，往往有着微妙的政治背景。外放的一方一段时间内暂时不能有什么作为了，因此对于重要的青年官员来说，外放是一种贬抑、一种挫折。只不过，这还算是一种温情脉脉的贬抑，没有撕破脸，因为他原有的官阶仍然保留着，哪天皇帝又喜欢他了，可以在原有基础上继续给他升官，装作无事发生，就当是放他过了一段清闲日子。

苏轼大概也是觉得，王安石当政的时候，自己在朝中不可能有说话的份儿了，所以还不如出去逛几年，逍遥一阵子。这次离京，苏轼有点落寞，但跟后来被贬谪时的心境有着本质的不同。落寞之余，他还是有理由快乐的。

在杭州，他写了好多诗，写他的逍遥，这逍遥是真的，只是逍遥里面透出了一点落寞的背景色。他的词在这时候也很有长进。他在杭州跟老前辈张先有很多交往。张先是比较早地把柳永的词风引入士大夫的创作中来的，是从柳永到苏轼的一个过渡。苏轼打破过去花间词系统的格局，开创他自己的那种疏朗的词风，正是从在杭州的时候开始的，这不能不说是受到了张先的影响。

当然，光靠前辈教，是教不出一个伟大词人来的。填词的长进是需要契机的，写出人生第一首好词需要一种情绪，这种情绪一定不能是志得意满的，失望、落寞、一点点的放逐感，可以帮助词人写出属于自己的词。苏轼在杭州的心情，大概就是这样的。词人有时候会写自己是快乐的，但是写词这个行为本身，就说明了其落寞。

落寞归落寞，苏轼在杭州并没有闲着，他为杭州人民做了很多实事，比如“苏堤”就是这时候修的。这些政绩充分显示了苏轼的才干，也说明文学才华和政治才能是不矛盾的。

三年任满后，苏轼从杭州去了密州，正式做了太守。离开了张先，他还是在继续写词。他的落寞依旧，而下笔越来越自由，他的豪放词风在密州正式形成了。从密州出来，他又去过徐州、湖州当太守，一路写诗填词，一路逍遥，也一路做实事。在这个过程中，他的文笔越来越老到，他的名气也越来越大。“苏门四学士”先后来到他门下，与他共同切磋诗文。外放的日子里，他不能在朝廷中实施自己的主张，但是这不妨碍他积累声望，对于未来的士林领袖而言，声望才是最宝贵的。不知不觉，苏轼已经是四十四岁的人了。

在去湖州的路上，苏轼到扬州瞻仰了欧阳修写过诗的平山堂，缅怀他的恩师。老师曾经对他寄予厚望，但到现在为止，好像一切进行得并不顺利。在平山堂下，苏轼不知想了些什么，是怀念当初恩师对一位少年的庇护，还是向恩师诉说心中的不平？最后，他还是将一切付与淡然一笑。

然而，他不知道，现在的日子还算是好日子，一场灾难正无声地袭来。

惨烈的劫难

这时候，王安石也下野了。“新党”中的小人掌控了政局，利用当时的监督机构御史台，以写诗讥刺朝廷的罪名弹劾苏轼，把他抓进了监狱。御史台又叫“乌台”，所以这个案子叫“乌台诗案”。苏轼遭到了十分严酷的对待，堂堂一州太守，被当成鸡犬一样从任上拉走，完全斯文扫地。进了监狱，先问他五代之内有没有赦书，意思是有判死刑的可能。

这件事引起了全国震动。要知道，“不杀大臣”是宋朝的祖宗家法之一，一直得到严格贯彻。现在，仅仅为了几首诗，皇帝就要杀掉一位众望所归的“国士”吗？这简直是动摇国家的根本。连太皇太后都跟宋神宗说，这可是仁宗皇帝特地留给子孙的宰相啊，我有病你也不用大赦天下，赶紧把苏轼放了是正经。最后，神宗还是没敢杀苏轼，只是把他贬为黄州团练副史。

这件事对苏轼的打击很大。有人可能觉得，他不是没死吗？他受到了什么打击呢？他在监狱里挨打挨骂了吗？他们也许不会理解，苏轼在乌台诗案以前一直是命运的宠儿，他从小最坚定的信仰就是儒士要担当家国天下，而皇帝是会尊崇儒士的。他坚信有一天，这个国家要指望自己，他是那种敢跟王安石这样的大佬甩脸子的人。而乌台诗案让他意识到，原来自己也只是一个可以随随便便被杀掉的人，在皇帝眼里，自己未见得比那几个名不见经传的小人重要。他是一个最骄傲的人，却被打碎了骄傲，这份痛苦足以重塑一个人的性格，让他重新思考这个世界。苏轼不会因此认可那些卑琐的观念，这时他的反应就是心灰意冷，不是对世界，而是对自己失望。在后半生中，“灰心”这个词不断地出现在他的诗里。

苏轼被贬到黄州，官阶仍然没有大变，但是这回加了一条，“不得签署公事”。也就是说，他虽然还保留着官员的待遇，但是没有任何发言权，只是作为待罪之身，交由地方长官看管。所以，苏轼在黄州是不可能像在杭州那样做事的，这就不是正常的迁转了，而是一种惩罚。

苏轼从监狱出来，以及贬谪黄州期间，诗写得少多了，但是写得好多了。写得少了，是因为少了很多与其他官员之间的酬赠之作，暂时没有这个必要了；写得好了，则是因为他的心灵在经历痛苦的挣扎。他的词写得比以前多了，也写得好了。因为那时候的词还不是用来酬赠的，还完全是自发的创作。写得多了，就是要说的话多了；写得好了，也是因为内心痛苦。

自古以来，贬谪就是诗人创作爆发的契机，也是他们推动文体前进的契机。在达到一定艺术水平之后，一位诗人集中地、高水平地创作，只能说明一个问题，就是他很痛苦，无论他表面装得怎样云淡风轻。而一位士人最有可能遇到的大的痛苦，就是贬谪。黄州阶段是苏轼词学大爆发的阶段，说明这也是他人生最痛苦的时候。借助苏轼个人的爆发，宋词至此摆脱了“伶工”的阴影，成为真正的士大夫文学。

在黄州的时候，苏轼经常写自己过得很快乐，写自己又吃到了新的好吃的，写自己喝多了酒随便一躺。他为什么要这么写呢？其实这是他在骄傲被击碎之后，所能留住的最后一点骄傲。既然我对皇帝并不重要，那么我就要快乐给你们看。如果我这时候悲悲切切的，就是承认你们夺走了我最重要的东西，就代表我向你们屈服了。这样的快乐，也不需要天才，需要的只是骄傲。

苏轼的黄州词，都是精品中的精品。有人说，词人需要苦难的成全。苦难赠给词人的礼物不是悲情，而是激情，绝望之后的激情。或许只有这样，词人才能踩到乐府之神的节奏。

荣耀的学士

在黄州谪居五年后，事情有了转机。先是苏轼被转为汝州团练副使。这似乎是一个好兆头，苏轼在告别黄州时写的诗词，也洋溢着压抑不住的喜气。

赴任之前，苏轼到金陵拜望了已经归隐的王安石，这位挡在他人生之路上近三十年的老人。意外的是，两人谈得似乎很投机，苏轼在此之后还和了王安石的很多诗。也许，这两个伟大的灵魂，并没有想象中的那么大差异。

紧接着，宋神宗驾崩，太皇太后“以母改子”，重新起用因为反对“新党”而被打击的士人。苏轼本来就是仁宗看上的“国士”，又曾经受过“新党”的迫害，简直是最理想的提拔对象了。所以苏轼一下子升官很快，先是恢复了太守职位，官阶直接升到了礼部郎中，马上又被召回京，做了中书舍人，成了皇帝身边最亲近、说话最管用的幕僚。很快，他当上了翰林学士，并同时出任知制诰，官居三品，为皇帝草拟诏书，变成了最有话语权的士大夫之一。他一直以来就声望很高，现在可以算是清流的首领了。这是苏轼一生中最荣耀的官职，自此，人们便尊称他“大学士”。苏轼终于拥有了士林领袖的地位，开始有了一点走向宰相的意思了。

当然，哪有那么容易就让你做宰相的。这时候又有人出来说，可不能让苏轼做宰相啊，他就是个文人，只是诗写得好、崇拜者多而已，要是让他当了宰相，只怕又是一个王安石。这时候，人们只能看到苏轼青云直上，只看到他的文采风流，而完全忘记了他在乌台诗案之前，曾经是多么出色的地方官，也忘了王安石曾经那么多年不看好他。

这时候，王安石的对立者司马光出来执政，史称“元祐更化”。司马光说，咱们把王安石的新法一律废了吧？这时候，苏轼本来可以老老实实跟在司马光后面，说王安石就是十恶不赦，可是他偏偏又出来说，也不能都废了，好的还是要保留的。他甚至还在朝堂上跟司马光吵架，实打实地生气，回家悄悄骂司马光是“司马牛”。这么一来，苏轼又变得不那么正确了，更坐实了他又是一个小王安石了。所以苏轼自己也说，我是一肚皮不合时宜。

真正的君子，一定是一肚皮不合时宜的，因为党争的双方不可能有谁是绝对正确的，其对立面也不可能是绝对错误的。如果你真的是从事实出发，那么必然是看着你也有错，他也有错。而且已经被打倒的一派是不用说的，要说就是说当政的一派有什么错。只有党同伐异的小人才会说，我们就是什么都好，他们就是什么都不好。儒家向来讲究“中庸”之道，其实就是既看到你的不好，也看到他的不好，看你过分了就说说你，看他过分了就说说他。有人以为，“中庸”就是老好人，谁都不得罪，其实“中庸”是谁都得罪。苏轼的一肚皮不合时宜，无非是在践行儒家君子的中庸之道。

虽然有些不和谐的杂音，但苏轼在这段时间总的来说还是很得志的，官阶不断地升，时不时继续出去做做太守，那也完全不是惩罚，甚至没有贬抑的迹象。他在士林中享有崇高的威望，君子都来亲近他，小人也不得不巴结他。

这个时期，苏轼应酬很多，因而写诗也很多，但是出彩的不多。一个人如果没有未达成的愿望，是写不出一生最精彩的诗的，即使是天才也不行。不过，这时候，苏轼的诗词已经写得很精致了，已经把诗词的技巧用到了极致。

漂泊的晚年

苏轼五十八岁的时候，太皇太后驾崩，宋哲宗亲政，又开始起用“新党”。苏轼这些人又倒了霉，被贬谪到很偏远的地方。苏轼被贬到惠州，又是“不得签署公事”，被作为罪人看管起来。惠州在岭南，在当时，生活条件又比黄州差了很多。

这次贬谪，苏轼就更有经验了，照例找好吃的，写他的快乐的诗。这时候的他不仅仅是一个有骨气的文士，更是曾经的大学士，他更需要用快乐维护他的骄傲。这个时期，苏轼也写出了很多好诗，不过，他几乎不再写词了。大概此时他的心是真的灰了，不再有贬谪黄州时那样的激情了。对于降临到他身上的灾难，他已经是看戏的心态。

朝中的“新党”并没有就此收手，又把苏轼一贬再贬，最终放逐到了海南岛上的儋州。有人说，他们是看苏轼被贬到了惠州还那么快活，所以不让他消停。当时的海南岛是一个荒岛，被贬到海南岛叫“过海”，“过海”的人很难活着回来，所以这是仅次于死刑的惩罚。苏轼一个六十多岁的老人，在儋州连房子都没得住，还得自己搭窝棚。就是这样，也没耽误他继续写下轻快幽默的诗作。

苏轼在岭南的时候，闲得没事，把陶渊明的诗整个和了一遍。这是在已经没有激情的日子里打发时间，也是维护自己最后的一点骄傲，为自己浪迹天涯的生活找一个解释。陶渊明放弃了仕途，苏轼此时也知道自己不再能做宰相，于是他就在诗里和几百年前的古人对话。

苏轼六十五岁的时候，宋哲宗去世，宋徽宗把他从海南召回。苏轼奇迹般地从海南生还了。为此，他还写了几首诗，庆祝自己的胜利，那大概是发自内心的欣喜。但是很不幸，他没能走到开封，在常州就去世了。

苏轼最终也没有如仁宗和欧阳修所愿，做到王安石那样的宰相，也没有机会实现他的政治抱负。但是，在他生前身后，人们已经把他看成了士人精神的象征，他人生的方方面面都得到了士人的崇拜和效仿。他对宋代士人精神的影响，超过了任何一位宰相，甚至一直影响着宋代以后的中国文化。他的诗词，也对中国的诗词文化产生了深刻的影响。

青年时代

（二十三至二十五岁）

但他还是相信，自己会成为这个国家最了不起的人，眼前的委屈不会是生活的常态

昭君村

这是苏轼刚刚及第，与父亲和弟弟四处游历时写下的作品。这时候他还有点稚嫩的傲气，艺术上也不够成熟。这首写昭君的诗，冥冥之中仿佛成为他一生为才所误、颠沛流离的谶语。

昭君本楚人[1]，艳色照江水。

楚人不敢娶，谓是汉妃子。

谁知去乡国，万里为胡鬼[2]。

人言生女作门楣[3]，昭君当时忧色衰。

古来人事尽如此，反覆纵横安可知。

---

1. 本楚人：王昭君是南郡秭归（今湖北宜昌，古为楚地）人，因此说她“本楚人”。
2. 胡鬼：王昭君出塞和亲，最终客死胡地。
3. 门楣：门框上端的横木。常以“门楣”指能光大门第的女儿。

和子由[1]渑池[2]怀旧

这是苏轼集中的压卷之作。此诗七律章法已相当熟练，初步显示出苏轼潇洒放达的风格，并寄寓了与其年龄不相称的人生感慨，成为宋诗中脍炙人口之作。

人生到处知何似，应似飞鸿踏雪泥。

泥上偶然留指爪，鸿飞那复计东西。

老僧已死成新塔，[3]坏壁无由见旧题。

往日崎岖还记否，路长人困蹇(jiǎn)驴[4]嘶。

1. 子由：苏轼的弟弟苏辙，字子由。
2. 渑池：地名，今属河南。
3. “老僧”句：古代僧人死后，用塔葬其骨灰。
4. 蹇驴：腿脚不灵便的驴子。蹇，跛，行走困难。

次韵子由岐下诗　横池

明月入我池，

　　　zhù gǎo

皎皎铺纻缟[1]。

　　　　zī

何日变成缁[2]？

《太玄》[3]吾懒草。

---

1. 纻缟：纻衣与缟带，即白色的衣服和衣带。
2. 缁：黑色。
3. 《太玄》：即《太玄经》，西汉扬雄撰写的哲学著作。

客位假寐

青年苏轼做凤翔签判时的吐槽之作。

谒入不得去，兀坐如枯株[1]。
岂惟主忘客，今我亦忘吾。[2]
同僚不解事，愠色见髯(rán)须[3]。
虽无性命忧，且复忍须臾。

1. 枯株：枯槁的根株。
2. “今我”句：《庄子·齐物论》：“今者吾丧我。”形容一种忘我的心灵境界。
3. 髯须：胡子。

妒佳月

狂云妒佳月，怒飞千里黑。

佳月了不嗔，曾何污洁白。

爰(yuán)有谪仙人[1]，举酒为三客。

今夕偶不见，汍(wán)澜[2]念风伯[3]。

毋烦风伯来，彼也易灭没。

支颐[4]少待之，寒空净无迹。

粲(càn)粲黄金盘，独照一天碧。

玉绳[5]惨无辉，玉露洗秋色。

浩瀚玻璃盏，和光入胸臆。

使我能永延，约君为莫逆[6]。

---

1. 谪仙人：唐代诗人李白的雅称。
2. 汍澜：眼泪流淌的样子。
3. 风伯：神话中的风神。
4. 支颐：用手托住下巴。
5. 玉绳：星名，也泛指群星。
6. 莫逆：彼此情投意合、友谊深厚。

送刘攽倅海陵

bān

君不见阮嗣宗[1]臧否[2]不挂口。

莫夸舌在牙齿牢，是中惟可饮醇酒。

读书不用多，作诗不须工，

海边无事日日醉，梦魂不到蓬莱宫。

秋风昨夜入庭树，莼丝[3]未老君先去。

君先去，几时回。

刘郎[4]应白发，桃花开不开。

---

1. 阮嗣宗：三国时魏国诗人阮籍，字嗣宗。他为人谨慎，《晋书·阮籍传》称他“发言玄远，口不臧否人物”。

2. 臧否：品评得失。

3. 莼丝：莼菜。

4. 刘郎：指唐代诗人刘禹锡。他在《元和十年自朗州承召至京戏赠看花诸君子》诗中说：“玄都观里桃千树，尽是刘郎去后栽。”这是他自指，后世因此以“刘郎”指禹锡。

石苍舒[1]醉墨堂

开头是大名句，其实这是一首很长的七古。

人生识字忧患始，姓名粗记可以休。

何用草书夸神速，开卷惝恍[2]令人愁。

我尝好之每自笑，君有此病何能瘳。

自言其中有至乐，适意无异逍遥游。

近者作堂名醉墨，如饮美酒消百忧。

乃知柳子[3]语不妄，病嗜土炭如珍羞[4]。

君于此艺亦云至，堆墙败笔[5]如山丘。

兴来一挥百纸尽，骏马倏忽踏九州。

我书意造本无法，点画信手烦推求。

胡为议论独见假，只字片纸皆藏收。

---

1. 石苍舒：字才美，京兆（即长安）人，善行草。人称他已经得了“草圣三昧”。
2. 惝恍：恍惚，模糊。
3. 柳子：指柳宗元。他曾在书信中谈到有人喜欢吃土炭的故事。
4. 珍羞：一作“珍馐”，美味佳肴。
5. 堆墙败笔：指唐代书法家怀素。他练习书法非常勤奋，用坏的笔堆积起来号称“笔冢”。

不减钟张[1]君自足，下方罗赵[2]我亦优。

不须临池[3]更苦学，完取绢素充衾（qīn）裯（chóu）。

1. 钟张：指钟繇、张芝，二人都是汉末著名书法家。
2. 罗赵：指罗晖、赵袭，二人都是汉末书法家。
3. 临池：传说张芝临池写字，在池水中洗笔，日复一日，将池水都染黑了。

外任时代

（三十六至四十四岁）

一路写诗填词，一路逍遥，也一路做实事

出颍口[1]初见淮山，是日至寿州[2]

离京出任杭州通判，标志着苏轼青年时代的结束。士人在政治失意、离开京城时，往往能写出好诗。这首诗是苏轼人生的第一次自我放逐，充满了迷茫与落寞，其对悲哀的表达颇为含蓄，有着典型的宋诗风味。

我行日夜向江海，枫叶芦花秋兴[3]长。

长淮[4]忽迷天远近，青山久与船低昂。

寿州已见白石塔[5]，短棹(zhào)未转黄茅冈[6]。

波平风软望不到，故人久立烟苍茫。

1. 颍口：今安徽寿县西正阳关，颍水由颍上县东南流至此入淮水。
2. 寿州：今安徽凤台县。
3. 秋兴：因秋而起的感怀。
4. 长淮：宽阔的淮水。
5. 白石塔：白石砌成的塔。
6. 黄茅冈：黄草覆盖的山冈。

十月二日，将至涡口[1]五里所，遇风留宿

长淮久无风，放意弄清快。

今朝雪浪满，始觉平野隘。

两山[2]控[3]吾前，吞吐久不嘬(chuài)[4]。

孤舟系桑本[5]，终夜舞澎湃。

舟人更传呼，弱缆恃菅蒯(jiān kuǎi)[6]。

平生傲忧患，久矣恬[7]百怪。

鬼神欺吾穷，戏我聊一噫。

瓶中尚有酒，信命谁能戒。

---

1. 涡口：涡水入淮处。在今安徽省蚌埠市怀远县东北老鼋塘。
2. 两山：指荆山、涂山，在怀远县南。
3. 控：两山对峙如控制状。
4. 嘬：一口吞下。
5. 桑本：桑树根。
6. 菅蒯：可以编绳的茅草。
7. 恬：安，平淡面对。

游金山寺[1]

在杭州通判任上，苏轼到镇江金山寺游玩。面对长江下游的江水，他想起了中上游的家乡。三十六岁的苏轼，已经在考虑辞官归隐的事了。他说，只要攒够了买田的钱，就一定回去。当然，也许他只是说说罢了。

我家江水初发源，宦游直送江入海。

闻道潮头一丈高，天寒尚有沙痕在。

中泠[2]南畔石盘陀[3]，古来出没随涛波。

试登绝顶望乡国，江南江北青山多。

羁愁畏晚寻归楫，山僧苦留看落日。

微风万顷靴文[4]细，断霞半空鱼尾[5]赤。

是时江月初生魄[6]，二更月落天深黑。

江心似有炬火明，飞焰照山栖鸟惊。

怅然归卧心莫识，非鬼非人竟何物？

---

1. 金山寺：寺名，在今江苏镇江西北的长江边的金山上，宋代时金山是江心岛。
2. 中泠：泉名，在金山西。
3. 盘陀：石头不平整的样子。
4. 靴文：形容风吹水面形成的涟漪像靴子上的细纹。
5. 鱼尾：形容晚霞映在水里像金鱼层叠的红鳞。
6. 初生魄：新月初生。苏轼游金山在农历十一月初三。

江山如此不归山，江神见怪惊我顽。

我谢[1]江神岂得已，有田不归如江水。

1. 谢：道歉。

戏子由

苏轼写给弟弟的游戏之作。士人喜欢夸耀自己清贫，其实是暗示自己并非追名逐利之徒。他们崇尚“读书万卷不读律”，看不起对老百姓耀武扬威的官吏。

宛丘先生[1]长如丘，宛丘学舍小如舟。

常时低头诵经史，忽然欠伸屋打头。

斜风吹帷雨注面，先生不愧旁人羞。

任从饱死笑方朔[2]，肯为雨立求秦优[3]。

眼前勃谿(xī)[4]何足道，处置六凿[5]须天游。

读书万卷不读律，致君尧舜知无术。

劝农冠盖闹如云，送老齑(jī)盐[6]甘似蜜。

门前万事不挂眼，头虽长低气不屈。

---

1. 宛丘先生：宛丘，陈州的别名。苏辙时任陈州州学教授，因此苏轼戏称他为“宛丘先生”。
2. 方朔：东方朔，西汉人。他曾向汉武帝抱怨身长三尺、受宠幸的侏儒“奉一囊粟，钱二百四十”，所以“饱欲死”，他自己虽然身长九尺，却也是这个待遇，因而“饥欲死”。
3. 秦优：秦始皇歌童，名叫旃，是侏儒。他曾用计使在秦始皇宴席上淋雨的卫士得到休息。
4. 勃谿：争吵。
5. 六凿：即六情，喜、怒、哀、乐、爱、恶。
6. 齑盐：齑指腌菜，如捣碎的姜、蒜、韭菜等，这里比喻学官生活清苦。

余杭别驾无功劳，画堂五丈容旂旄。
重楼跨空雨声远，屋多人少风骚骚。
平生所惭今不耻，坐对疲氓更鞭箠[1]。
道逢阳虎[2]呼与言，心知其非口诺唯。
居高志下真何益，气节消缩今无几。
文章小技安足程，先生别驾旧齐名。
如今衰老俱无用，付与时人分重轻。

1. 鞭箠：箠，短木棍。鞭与箠都是刑具，这里指用刑。
2. 阳虎：即阳货，孔子鄙视而不愿意见面的人。

送岑著作[1]

懒者常似静，静岂懒者徒？

拙则近于直，而直岂拙欤？

夫子静且直，雍容[2]时卷舒[3]。

嗟我复何为，相得欢有余。

我本不违世，而世与我殊。

拙于林间鸠[4]，懒于冰底鱼。

人皆笑其狂，子独怜其愚。

直者有时信，静者不终居。

而我懒拙病，不受砭药[5]除。

临行怪酒薄，已与别泪俱。

后会岂无时，遂恐出处疏。

惟应故山梦，随子到吾庐。

---

1. 岑著作：岑象求，字岩起，梓州人。当时以提举梓州路常平返回四川。
2. 雍容：仪态温文大方。
3. 卷舒：指进退出处。
4. 林间鸠：古人认为鸠鸟营造巢穴很笨拙，因此常用以比较说明自己的笨拙。
5. 砭药：治病的石针和药物。

吉祥寺赏牡丹

宋代男子也有簪花的习俗。其实这时候苏轼也不是很老，才三十七岁。

人老簪花[1]不自羞，

花应羞上老人头。

醉归扶路人应笑，

十里珠帘半上钩。

1. 簪花：在头上插花。

六月二十七日望湖楼[1]醉书五绝 其一

以下几首都是苏轼在杭州通判任上写杭州风物的。杭州毕竟是好地方，这段日子苏轼过得其实还是很惬意的——当然，政治上是失落的。

黑云翻墨未遮山，
白雨跳珠乱入船。
卷地风来忽吹散，
望湖楼下水如天。

1. 望湖楼：楼名，又叫看经楼。位于杭州西湖畔，五代时吴越王钱弘俶所建。

六月二十七日望湖楼醉书五绝 其二

放生鱼鳖逐人来，

无主荷花到处开。

水枕[1]能令山俯仰，

风船[2]解与月徘徊。

1. 水枕：指躺在船中看山。水枕即枕水，枕着在水面漂流的船只。
2. 风船：在风中飘荡的船。

六月二十七日望湖楼醉书五绝 其四

献花游女木兰桡（ráo）[1]，
细雨斜风湿翠翘[2]。
无限芳洲[3]生杜若[4]，
吴儿不识楚辞招。

---

1. 木兰桡：小船的美称，传说鲁班曾刻木兰为舟。桡，船桨，这里代指船。
2. 翠翘：古代妇女的一种首饰，形状近似翠鸟尾巴上的长羽毛。
3. 芳洲：芳草丛生的水中陆地。
4. 杜若：香草名。

六月二十七日望湖楼醉书五绝 其五

未成小隐[1]聊中隐[2]，
可得长闲胜暂闲。
我本无家更安往，
故乡无此好湖山。

1. 小隐：指隐居山林。
2. 中隐：指闲官。

试院[1]煎茶

苏轼是煎茶的行家。这大概也是因为他一生中大多数时间都被闲置，有的是工夫。

蟹眼已过鱼眼生，[2]飕飕欲作松风鸣。

蒙茸[3]出磨细珠落，眩转绕瓯飞雪轻。

银瓶泻汤夸第二，未识古人煎水意。

君不见，昔时李生[4]好客手自煎，贵从活火发新泉。

又不见，今时潞公[5]煎茶学西蜀，定州花瓷琢红玉。

我今贫病长苦饥，分无玉碗捧蛾眉。

且学公家作茗饮，砖炉石铫行相随。

不用撑肠拄腹文字五千卷，但愿一瓯常及睡足日高时。

---

1. 试院：考试场所。
2. 蟹眼、鱼眼：煎茶过程中水的状态。
3. 蒙茸：磨茶时的茶叶粉末。
4. 李生：李约，唐代诗人，对茶道很有研究。
5. 潞公：即文彦博，北宋名臣，封潞国公。

和陈述古[1]拒霜花[2]

千林扫作一番黄，

只有芙蓉独自芳。

唤作拒霜知未称，

细思却是最宜霜。

1. 陈述古：陈襄，字述古，北宋名臣、理学家。他曾向宋神宗举荐苏轼。
2. 拒霜花：即木芙蓉，因其晚秋始开，故别名“拒霜花”。

吴中田妇叹

关心人民疾苦、深入农村，是中国士人的古老传统。聪明而有正义感的士人，往往能在地方官任上发现现实问题，在一片歌功颂德声中，发出不同的声音。做杭州通判时，苏轼通过敏锐的观察，指出了王安石新法的很多问题。

今年粳(jīng)[1]稻熟苦迟，庶见霜风来几时。

霜风来时雨如泻，杷(pá)[2]头出菌镰生衣。

眼枯泪尽雨不尽，忍见黄穗[3]卧青泥。

茅苫(shān)[4]一月垄上宿，天晴获[5]稻随车归。

汗流肩赪(chēng)[6]载入市，价贱乞与如糠粞(xī)[7]。

卖牛纳税拆屋炊，虑浅不及明年饥。

官今要钱不要米，西北万里招羌儿。

龚黄[8]满朝人更苦，不如却作河伯妇。

---

1. 粳：稻的一种，俗称“大米”，也作谷物的总称。
2. 杷：同“耙”，碎土翻地的农具。
3. 黄穗：成熟的稻穗。
4. 茅苫：茅棚。苫，草帘子。
5. 获：收割庄稼。
6. 赪：红色。
7. 粞：碎米。
8. 龚黄：指龚遂、黄霸，二人都是汉代宽政恤民的清官，这里借以反讽推行新法的官员。

赠孙莘老七绝 其一

嗟予与子久离群[1]，
耳冷心灰百不闻。
若对青山谈世事，
当须举白[2]便浮君。

1. 离群：离开众人。
2. 举白：举杯饮酒。

秀州[1]报本禅院乡僧文长老方丈

万里家山一梦中，吴音渐已变儿童。

每逢蜀叟谈终日，便觉峨眉翠扫空。

师已忘言真有道，我除搜句[2]百无功。

明年采药天台去，更欲题诗满浙东。

1. 秀州：今浙江秀水。
2. 搜句：搜求句子，指写诗。

法惠寺横翠阁

朝见吴山横，暮见吴山纵。

吴山故多态，转折为君容[1]。

幽人起朱阁，空洞更无物。

惟有千步冈，东西作帘额[2]。

春来故国归无期，人言秋悲春更悲。

已泛平湖思濯锦[3]，更看横翠忆峨眉。

雕栏能得几时好，不独凭栏人易老。

百年兴废更堪哀，悬知[4]草莽化池台。

游人寻我旧游处，但觅吴山横处来。

1. 容：妆容，打扮。
2. 帘额：门窗上悬挂的帘子。这里是把吴山比作法惠寺的帘额。
3. 濯锦：四川成都有锦江，传说在江中濯锦能使颜色更加鲜亮。
4. 悬知：预先知道。

饮湖上初晴后雨二首　其二

杭州风物。

水光潋滟[1]晴方好，
山色空蒙[2]雨亦奇。
若把西湖比西子，
淡妆浓抹总相宜。

1. 潋滟：水波荡漾貌。
2. 空蒙：迷茫缥缈的样子。

新城道中二首 其一

放外任的时候得空去城郊转转，写些游览诗，也是中国士人的传统。全诗写得很潇洒，好像是苏轼在城郊散步。颔联的比喻尤其有意思。

东风知我欲山行，吹断檐间积雨声。

岭上晴云披絮帽，树头初日挂铜钲[1]。

野桃含笑竹篱短，溪柳自摇沙水清。

西崦[2]人家应最乐，煮芹烧笋饷春耕。

---

1. 钲：古代的一种铜乐器，形似钟而狭长，有长柄可执，口向上，击打发声。

2. 西崦：这里泛指山。

山村五绝 其一

这是苏轼在杭州郊区游玩时写的一组诗，分不清他是歌颂还是讽刺。

竹篱茅屋趁溪斜，

春入山村处处花。

无象太平[1]还有象，

孤烟起处是人家。

---

1. 无象太平：即太平无象，指太平盛世并无一定标志。

山村五绝　其二

烟雨蒙蒙鸡犬声，
有生何处不安生。
但令黄犊无人佩，[1]
布谷何劳也劝耕。

1．“但令”句：龚遂任太守时鼓励百姓卖刀剑买牛犊，这里借以讽刺新法峻急。

山村五绝 其三

老翁七十自腰镰，
惭愧春山笋蕨甜。
岂是闻《韶》[1]解忘味，
迩来三月食无盐。

1.《韶》：古代乐曲名。

於潜[1]僧绿筠轩

爱竹子也是士人的传统，但是把竹子和肉放在一起比较的还真不多。苏轼就喜欢在大俗中写大雅。因为有这个比较，所以这首诗才给人留下了深刻印象。

可使食无肉，不可使居无竹。

无肉令人瘦，无竹令人俗。

人瘦尚可肥，士俗不可医。

旁人笑此言，似高还似痴。

若对此君[2]仍大嚼，世间那有扬州鹤[3]。

---

1. 於潜：旧县名，在今浙江临安。县南有寂照寺，寺中有绿筠轩。
2. 此君：指竹子。晋朝王徽之酷爱竹子，到了“何可一日无此君”的地步。
3. 扬州鹤：形容称心如意的事情。

唐道人言，天目山上俯视雷雨，每大雷电，但闻云中如婴儿声，殊不闻雷震也

已外浮名更外身，
区区雷电若为神。
山头只作婴儿看，
无限人间失箸[1]人。

---

1. 失箸：掉落筷子。《三国志》记载，刘备图谋诛杀曹操之时，却听到曹操评价他是英雄，刘备受到惊吓，掉落了筷子，以听到雷声受惊来掩饰。

有美堂暴雨

游人脚底一声雷，满座顽云拨不开。
天外黑风吹海立，浙东飞雨过江来。
十分潋滟金樽凸，千杖敲铿[1]羯鼓[2]催。
唤起谪仙泉洒面，倒倾鲛室[3]泻琼瑰[4]。

1. 敲铿：敲击。铿，撞击。这里形容羯鼓声。
2. 羯鼓：起源于印度的一种鼓，从西域传入。
3. 鲛室：鲛人水中的居室，这里指海。
4. 琼瑰：泛指珠玉。

除夜野宿常州城外二首　其一

行歌[1]野哭[2]两堪悲，远火低星渐向微。

病眼不眠非守岁，乡音无伴苦思归。

chóng qīn
重　衾[3]脚冷知霜重，新沐头轻感发稀。

多谢残灯不嫌客，孤舟一夜许相依。

1. 行歌：边行走边歌唱，多为抒发情感、表达自己的意愿。
2. 野哭：在郊外哭泣。
3. 重衾：多条被子。

自普照游二庵

长松吟风晚雨细，东庵半掩西庵闭。

山行尽日不逢人，浥浥[1]野梅香入袂。

居僧笑我恋清景，自厌山深出无计。

我虽爱山亦自笑，独往神伤后难继。

不如西湖饮美酒，红杏碧桃香覆髻。

作诗寄谢采薇翁[2]，本不避人那避世。

1. 浥浥：香气袭人貌。
2. 采薇翁：指伯夷、叔齐隐居首阳山，耻食周粟，采薇而食。

佛日山荣长老方丈五绝 其五

日射回廊午枕明，

水沉[1]销尽碧烟横。

山人睡觉无人见，

只有飞蚊绕鬓鸣。

1. 水沉：用沉香制成的香。

临安三绝 其三 石镜

山鸡舞破半岩云，

菱叶开残野水春。

应笑武都山下土，

枉教明月殉佳人。[1]

1. “应笑”句：传说武都山精化为美貌女子后被纳为蜀王妃，死后用石镜装裱其墓门。

和述古冬日牡丹四首 其一

一朵妖红翠欲流，

春光回照雪霜羞。

化工[1]只欲呈新巧，

不放闲花得少休。

1. 化工：自然的造化者。

洗儿[1]戏作

苏轼以“洗儿”这样的俗事入诗，借风俗发牢骚。这个孩子是苏过，后来一直陪在苏轼身边，颇有苏轼之风，被称为“小坡”，并没有“愚且鲁”。此时苏轼的妻子是第二任，王闰之。苏轼并不知道，他这一生中真正被聪明所误的经历还在后头呢。

人皆养子望聪明，

我被聪明误一生。

惟愿孩儿愚且鲁[2]，

无灾无难到公卿。

1. 洗儿：古代风俗，婴儿满月要为其洗澡，父母要送上祝福。
2. 鲁：愚拙，蠢笨。

无锡道中赋水车

以古体诗写农事，遣词造句很新鲜。

翻翻联联[1]衔尾鸦，荦荦确确[2]蜕骨蛇。

分畴翠浪走云阵[3]，刺水绿针抽稻芽。

洞庭五月欲飞沙，鼍（tuó）[4]鸣窟中如打衙[5]。

天公不见老翁泣，唤取阿香[6]推雷车[7]。

---

1. 翻翻联联：飘动翻腾、接连不断貌。
2. 荦荦确确：坚硬貌。
3. 走云阵：形容水流入稻田后的样子。
4. 鼍：扬子鳄。传说它鸣叫的声音如打鼓一般。
5. 打衙：打鼓。
6. 阿香：传说中推雷车的女神。
7. 推雷车：即布云下雨。

戏书吴江三贤画像三首 其二

中国士人的“吃货”传统也被苏轼继承和发扬光大。毕竟，谁会直接说自己厌倦了政坛呢？直接说，多没意思。

浮世功劳食与眠，

季鹰[1]真得水中仙。

不须更说知机早，

直为鲈鱼也自贤。

1. 季鹰：西晋文学家张翰。他因不愿卷入八王之乱，借口思念家乡的莼羹鲈鱼，辞官回家。后世将其作为思乡的典故。

杭州牡丹开时，仆犹在常、润，周令作诗见寄，次其韵，复次一首送赴阙 其一

羞归应为负花期，已是成阴结子时。

与物寡情怜我老，遣春无恨赖君诗。

玉台不见朝酣酒，金缕犹歌空折枝。[1]

从此年年定相见，欲师老圃问樊迟[2]。

---

1. “金缕”句：唐代杜秋娘有《金缕衣》歌：“劝君莫惜金缕衣，劝君惜取少年时。花开堪折直须折，莫待无花空折枝。”
2. 樊迟：孔子弟子。他重视农耕，曾向孔子问“学稼”和“学为圃”之事。

行香子

苏轼在杭州学会填词了，大概是跟张先学的。《行香子》有很多三字句，很好玩。这首《行香子》嵌进去了很多杭州风物，不能转送给别的地方了。

携手江村。梅雪飘裙。情何限[1]、处处消魂。故人不见，旧曲重闻。向望湖楼，孤山寺[2]，涌金门[3]。

寻常行处，题诗千首，绣罗衫、与拂红尘。别来相忆，知是何人。有湖中月，江边柳，陇头云。

---

1. 何限：即无限。
2. 孤山寺：在杭州孤山南，唐、宋称孤山寺。
3. 涌金门：古杭州城西城门。

江城子

是写秋天的荷花呢，还是写中年的美人呢？这个美人是现实中的，还是想象中的呢？

凤凰山下雨初晴。水风清，晚霞明。一朵芙蕖，开过尚盈盈。何处飞来双白鹭，如有意，慕娉婷[1]。

忽闻江上弄哀筝。苦含情，遣谁听。烟敛云收，依约是湘灵[2]。欲待曲终寻问取，人不见，数峰青。

1. 娉婷：代指佳人，这里比喻荷花。
2. 湘灵：传说中的湘水女神。

贺新郎

苏轼有意把拗句、散文句法引入格律词，声情多变，句法丰富，是一种文体实验。这个词牌后来一直为豪放词人所喜爱。

乳燕飞华屋。悄无人、桐阴[1]转午，晚凉新浴。手弄生绡(xiāo)[2]白团扇，扇手一时似玉。渐困倚、孤眠清熟。帘外谁来推绣户，枉教人、梦断瑶台曲[3]。又却是，风敲竹。

石榴半吐红巾蹙。待浮花浪蕊都尽，伴君幽独。秾艳一枝细看取，芳心千重似束。又恐被、秋风惊绿[4]。若待得，君来向此，花前对酒不忍触。共粉泪，两簌簌。

1. 桐阴：梧桐树阴。
2. 生绡：这里指丝绢。
3. 曲：深曲之处。
4. 秋风惊绿：秋风使榴花凋谢，只剩绿叶。

浣溪沙

四面垂杨十里荷。问云何处最花多[1]。画楼南畔夕阳过。

天气乍凉人寂寞，光阴须得酒消磨。且来花里听笙歌。

1. 最花多：即“花最多”。

沁园春

离开杭州，苏轼去了密州。他的词学也渐渐脱离了张先的影响，形成了自己的风格。《沁园春》是一个接近骈文的词牌，以铺叙见长。这首《沁园春》写得不死板，无论是写景还是写情，处处都能引起读者的兴趣，十分难得。

孤馆灯青，野店鸡号，旅枕梦残。渐月华收练[1]，晨霜耿耿，云山摛(chī)锦[2]，朝露漙(tuán)漙[3]。世路无穷，劳生有限，似此区区长鲜欢。微吟罢，凭征鞍无语，往事千端。

当时共客长安，似二陆[4]初来俱少年。有笔头千字，胸中万卷，致君尧舜，此事何难。用舍[5]由时，行藏[6]在我，袖手何妨闲处看。身长健，但优游卒岁，且斗尊前。

---

1. 月华收练：月光像渐渐收起的白色绢布。
2. 摛锦：铺开锦缎。
3. 漙漙：露多貌。
4. 二陆：西晋文学家陆机、陆云兄弟。
5. 用舍：任用或舍弃。
6. 行藏：出仕或退隐。

浣溪沙

山色横侵蘸[1]晕霞。湘川风静吐寒花[2]。远林屋散尚啼鸦。

梦到故园多少路，酒醒南望隔天涯。月明千里照平沙。

---

1. 蘸：触及。
2. 寒花：秋冬季节开的花。

小儿

苏过又长大几岁了。这时候，离苏轼的第一任妻子王弗去世已经有十年了。王闰之是王弗的妹妹，也是一位大有士人之风的女子。

小儿不识愁，起坐牵我衣。

我欲嗔小儿，老妻劝儿痴。

儿痴君更甚，不乐愁何为。

还坐愧此言，洗盏当我前。

大胜刘伶[1]妇，区区为酒钱。

---

1. 刘伶：魏晋名士，性嗜酒，其妻曾毁弃酒具劝他戒酒。

江城子

低回悱恻，最好的作品总归是出于真情实感的。
活人的生活还要继续，亡妻难免退缩到心底“不思量”的角落。然而，人生的第一个爱人总是“自难忘”的，在十年后的某个夜晚，依然会在梦里相聚。

十年生死两茫茫，不思量，自难忘。千里孤坟，无处话凄凉。纵使相逢应不识，尘满面，鬓如霜。

夜来幽梦忽还乡，小轩[1]窗，正梳妆。相顾无言，惟有泪千行。料得年年肠断处，明月夜，短松冈[2]。

---

1. 小轩：小室，这里指梦中亡妻王弗的卧室。
2. 短松冈：指王弗的墓地。

江城子

同一年的两首《江城子》，风格大相径庭。据苏轼自己说，这首词是可以唱的。他一定是对音乐做过某些改编，把一首缠绵悱恻的曲子“摇滚”着唱出来了。
在密州，苏轼的豪放词风格初步定型。苏轼的豪放词大量用典，对后来辛弃疾等人的豪放词有深刻影响。
这一年，苏轼四十岁，确实可以有白发了，但其实也没有多老。

老夫聊发少年狂，左牵黄[1]，右擎苍[2]。锦帽貂裘，千骑卷平冈。为报倾城随太守，亲射虎，看孙郎[3]。酒酣胸胆尚开张，鬓微霜，又何妨。持节云中，何日遣冯唐[4]。会挽雕弓如满月，西北望，射天狼[5]。

1. 黄：黄狗。
2. 苍：苍鹰。
3. 孙郎：指孙权。他曾亲自乘马射虎。
4. 冯唐：西汉大臣。他曾被派遣去赦免虚报杀敌人数的云中郡守魏尚。此时苏轼政治处境不佳，因此自比魏尚。
5. 天狼：星名，一说隐喻西夏侵犯。

减字木兰花

连《减字木兰花》这样清新的小调，也被这位豪放词人“改装”成了这样。

贤哉令尹[1]，三仕[2]已之无喜愠。我独何人，犹把虚名玷搢(jìn)绅[3]。

不如归去，二顷良田无觅处。归去来兮，待有良田是几时。

---

1. 令尹：泛称县、府等地方行政长官。
2. 三仕：春秋时期，楚国令尹子文三次出仕，不因此高兴；三次罢免，不因此生气。这里用的是这一典故。
3. 搢绅：搢，插；绅，古代官员和儒者围于腰际的大带。常以此用作官员的代称。

和文与可[1]洋川园池三十首 筼筜（yún dāng）谷[2]

苏轼的竹子观也进化了，竹子不再跟猪肉对立，而是也被纳入了“吃货”的食谱。

汉川修竹贱如蓬，
斤斧何曾赦箨（tuò）龙[3]。
料得清贫馋太守，
渭滨千亩在胸中。

---

1. 文与可：文同，北宋画家、诗人，与苏轼是表兄弟。
2. 筼筜谷：在洋县城西北，文同任职时常游玩其间。
3. 箨龙：竹笋的别名。

水调歌头

中秋节，想的无非是团圆。苏轼的团圆观是这样的。
这时候，他用词来写士人的情感已经很熟练，跟写诗写文一样了。
《水调歌头》这个词牌，也确实更有诗的特点，所以也是豪放词人所喜爱的。

丙辰中秋，欢饮达旦，大醉。作此篇，兼怀子由。

明月几时有，把酒问青天。不知天上宫阙，今夕是何年。我欲乘风归去，又恐琼楼玉宇，高处不胜寒。起舞弄清影[1]，何似在人间。

转朱阁，低绮户[2]，照无眠。不应有恨，何事长向别时圆。人有悲欢离合，月有阴晴圆缺，此事古难全。但愿人长久，千里共婵娟。

1. 弄清影：指诗人月下起舞，影子也随之舞动。弄，玩弄、欣赏。
2. 绮户：装饰华丽的窗户。

和孔密州五绝 东栏梨花

梨花淡白柳深青，

柳絮飞时花满城。

惆怅东栏一株雪，

人生看得几清明[1]。

1. 清明：清澈明朗。

阳关曲[1]

《阳关曲》的格式其实就是一首失粘的七绝。到底是诗还是词呢？介于二者之间吧。

暮云收尽溢清寒。

银汉无声转玉盘。

此生此夜不长好，

明月明年何处看。

1. 阳关曲：词牌名。因王维《送元二使安西》诗中“西出阳关无故人”句得名。

读孟郊诗二首 其一

吐槽孟郊。

夜读孟郊诗，细字如牛毛。
寒灯照昏花，佳处时一遭。
孤芳擢荒秽，苦语余诗骚。
水清石凿凿，湍激不受篙。
初如食小鱼，所得不偿劳。
又似煮蟛蚏(péng yuè)[1]，竟日持空螯。
要当斗僧[2]清，未足当韩[3]豪。
人生如朝露，日夜火消膏。
何苦将两耳，听此寒虫号。
不如且置之，饮我玉色醪。

---

1. 蟛蚏：小蟹名。
2. 僧：指贾岛，他曾出家为僧，诗与孟郊齐名。一说指“宋初九僧”，即宋代初年崇奉晚唐贾岛一派诗风的九位僧人。
3. 韩：指韩愈。

读孟郊诗二首　其二

我憎孟郊诗，复作孟郊语。

饥肠自鸣唤，空壁转饥鼠。

诗从肺腑出，出辄愁肺腑。

有如黄河鱼，出膏以自煮。

尚爱《铜斗歌》[1]，鄙俚颇近古。

桃弓射鸭罢，独速短蓑舞。

不忧踏船翻，踏浪不踏土。

吴姬霜雪白，赤脚浣白纻。

嫁与踏浪儿，不识离别苦。

歌君江湖曲，感我长羁旅。

---

1. 《铜斗歌》：孟郊《送淡公》其一，“行当译文字，慰此吟殷勤。铜斗饮江酒，手拍铜斗歌。侬是拍浪儿，饮则拜浪婆。脚踏小船头，独速舞短蓑……”

文与可有诗见寄云：待将一段鹅溪绢，扫取寒梢万尺长。次韵答之

为爱鹅溪白茧光[1]，
扫残鸡距[2]紫毫芒。
世间那有千寻竹，
月落庭空影许长。

---

1. 白茧光：形容鹅溪绢帛光洁白亮。
2. 距：雄鸡爪子后面突出像脚趾的部分。

浣溪沙

以田园风光入词。

sù　　　　　　　　　　　　　　sāo

簌簌[1]衣巾落枣花，村南村北响缫车[2]。牛衣[3]古柳卖黄瓜。

酒困路长惟欲睡，日高人渴漫思茶。敲门试问野人家。

---

1. 簌簌：纷纷飘落的样子。
2. 缫车：抽茧出丝的纺车。
3. 牛衣：供牛御寒用的披盖物，如蓑衣之类。

永遇乐

苏轼长于铺叙，于铺叙中见笔力。写一个唐代美人，其实也有自己的寄寓。

明月如霜，好风如水，清景无限。曲港跳鱼，圆荷泻露，寂寞无人见。紞（dǎn）如[1]三鼓，铿然一叶，黯黯梦云惊断。夜茫茫，重寻无处，觉来小园行遍。

天涯倦客，山中归路，望断故园心眼[2]。燕子楼空，佳人何在，空锁楼中燕。古今如梦，何曾梦觉，但有旧欢新怨。异时对、黄楼[3]夜景，为余浩叹。

1. 紞如：击鼓声。
2. 故园心眼：思念故乡的心情、愿望。
3. 黄楼：在徐州城东门上，苏轼任徐州知州时建造。

中秋见月和子由

明月未出群山高，瑞光万丈生白毫[1]。
一杯未尽银阙[2]涌，乱云脱坏如崩涛。
谁为天公洗眸子，应费明河千斛水。
遂令冷看世间人，照我湛然心不起。
西南火星如弹丸，角尾奕奕[3]苍龙蟠。
今宵注眼[4]看不见，更许萤火争清寒。
何人艇舟临古汴，千灯夜作鱼龙变[5]。
曲折无心逐浪花，低昂赴节随歌板。
青荧灭没转前山，浪飐风回岂复坚。
明月易低人易散，归来呼酒更重看。
堂前月色愈清好，咽咽寒螀(jiāng)[6]鸣露草。
卷帘推户寂无人，窗下咿哑惟楚老。

---

1. 白毫：泛指白色的光芒。
2. 银阙：传说中仙人居住的天宫，此处指代明月。
3. 奕奕：光明貌，亮光闪动。
4. 注眼：集中目光看。
5. 鱼龙变：指杂耍百戏。
6. 寒螀：寒蝉，也指深秋的鸣虫。

南都从事[1]莫羞贫，对月题诗有几人。

明朝人事随日出，恍然一梦瑶台客。

1. 南都从事：指苏辙，此时苏辙签书应天府判官。应天府是宋朝四个京城之一的南京，治所在宋城县南京城（今河南商丘）。

百步洪二首并序 其一

王定国[1]访余于彭城。一日，棹小舟，与颜长道携盼、英、卿三子游泗水，北上圣女山，南下百步洪，吹笛饮酒，乘月而归。余时以事不得往，夜著羽衣，伫立于黄楼上，相视而笑，以为李太白死，世间无此乐三百余年矣。定国既去逾月，复与参寥[2]师放舟洪下，追怀曩游，已为陈迹，喟然而叹。故作二诗，一以遗参寥，一以寄定国，且示颜长道、舒尧文邀同赋云。

长洪斗落[3]生跳波，轻舟南下如投梭。
水师绝叫凫雁起，乱石一线争磋磨。
有如兔走鹰隼落，骏马下注千丈坡。
断弦离柱箭脱手，飞电过隙珠翻荷。
四山眩转风掠耳，但见流沫生千涡。

1. 王定国：北宋诗人，名巩，苏轼的友人。
2. 参寥：北宋诗僧，与苏轼交好。
3. 斗落：即陡落。

崄[1]中得乐虽一快，何意水伯夸秋河[2]。

我生乘化[3]日夜逝，坐觉一念逾新罗[4]。

纷纷争夺醉梦里，岂信荆棘埋铜驼[5]。

觉来俯仰失千劫，回视此水殊委蛇[6]。

君看岩边苍石上，古来篙眼如蜂窠[7]。

但应此心无所住，造物虽驶如吾何。

回船上马各归去，多言譊譊(náo)[8]师所呵。

---

1. 崄：同“险”。
2. 水伯夸秋河：比喻坐井观天、贻笑大方的人，典故出自《庄子·秋水》。
3. 乘化：顺应自然。
4. 新罗：朝鲜古国名。
5. 荆棘埋铜驼：比喻繁华已尽，人物全非，典故出自《晋书·索靖传》。
6. 委蛇：曲折行进、绵延屈曲貌。
7. 蜂窠：蜂巢。
8. 譊譊：争辩，引申为说个不停、喧闹嘈杂。

闻辩才[1]法师复归上天竺，以诗戏问

道人出山去，山色如死灰。

白云不解笑，青松有余哀。

忽闻道人归，鸟语山容开。

神光[2]出宝髻，法雨[3]洗浮埃。

想见南北山，花发前后台。

寄声问道人，借禅以为诙。

何所闻而去，何所见而回？

道人笑不答，此意安在哉。

昔年本不住，今者亦无来。

此语竟非是，且食白杨梅[4]。

1. 辩才：名元净，字无象，北宋时期杭州天竺寺住持。
2. 神光：佛光。
3. 法雨：比喻佛法。佛法普度众生，如雨润泽万物，故名。
4. 白杨梅：产自杭州南山，又名圣僧梅。

登云龙山[1]

醉中走上黄茅冈，
满冈乱石如群羊。
冈头醉倒石作床，
仰看白云天茫茫。
歌声落谷秋风长，
路人举首东南望，
拍手大笑使君狂。

1. 云龙山：位于徐州城南，又名石佛山。

月夜与客饮杏花下

杏花飞帘散余春，明月入户寻幽人[1]。
qiān
褰衣[2]步月踏花影，炯如流水涵青蘋。
花间置酒清香发，争挽长条落香雪。
山城酒薄不堪饮，劝君且吸杯中月。
洞箫声断月明中，惟忧月落酒杯空。
明朝卷地春风恶，但见绿叶栖残红。

1. 幽人：幽隐之人，隐士。
2. 褰衣：用手提起衣服。

西江月

苏轼辗转半生，还没有回到朝中。如今来到老师欧阳修待过的地方，回想起老师对自己的赏识，不禁感慨万千。
苏轼不知道，他生命中最大的劫难马上就要来临了。

三过平山堂下，半生弹指[1]声中。十年不见老仙翁，壁上龙蛇[2]飞动。

欲吊文章太守[3]，仍歌杨柳春风[4]。休言万事转头空，未转头时是梦。

---

1. 弹指：捻弹手指作声，比喻时间短暂。
2. 龙蛇：形容草书笔势飞动如龙蛇。
3. 文章太守：用欧阳修《朝中措·送刘仲原甫出守维扬》句："文章太守，挥毫万字，一饮千钟。行乐直须年少，樽前看取衰翁。"此处指欧阳修，一说指欧阳修送别的友人刘敞。
4. 杨柳春风：仍用上词"手种堂前垂柳，别来几度春风"句，代指欧阳修这首词。

黄州时代

（四十五至五十岁）

他是一个最骄傲的人，却被打碎了骄傲，这份痛苦足以重塑一个人的性格，让他重新思考这个世界

吴江岸

乌台诗案后，苏轼刚从监狱里出来的感受。

晓色兼秋色，
蝉声杂鸟声。
壮怀销铄[1]尽，
回首尚心惊。

1. 销铄：消损，衰微。

予以事系御史台[1]狱，狱吏稍见侵，自度不能堪，死狱中，不得一别子由，故作二诗授狱卒梁成，以遗子由，二首　其一

在乌台诗案中，苏轼做好了死的准备。两首诗读来触目惊心。

圣主如天万物春，小臣愚暗自亡身。
百年未满先偿债，十口无归更累人。
是处[2]青山可埋骨，他时夜雨独伤神。
与君今世为兄弟，又结来生未了因。

1. 御史台：朝廷的监察、弹劾、审理机构。
2. 是处：处处。

予以事系御史台狱，狱吏稍见侵，自度不能堪，死狱中，不得一别子由，故作二诗授狱卒梁成，以遗子由，二首 其二

柏台[1]霜气夜凄凄，风动琅珰[2]月向低。
梦绕云山心似鹿，魂惊汤火命如鸡。
眼中犀角[3]真吾子，身后牛衣愧老妻。
百岁神游定何处，桐乡知葬浙江西。

---

1. 柏台：即御史台。
2. 琅珰：铃铎。
3. 犀角：苏轼曾在此诗后自注“犀角，杜琮事”（应为杜悰），以犀角代指徒有虚名，无真才实学之人。此处表示苏轼希望自己的孩子做个平庸之人。

己未十月十五日，狱中恭闻太皇太后不豫，有赦，作诗

是侥幸，也是灰心。

庭柏阴阴昼掩门，乌知有赦[1]闹黄昏。
汉宫自种三生福，楚客还招九死魂。
纵有锄犁及田亩，已无面目见丘园。
只应圣主如尧舜，犹许先生作正言[2]。

1. 乌知有赦：乌鸦知道大赦的消息，用的是南朝刘义康的典故。
2. 正言：直言，合于正道的话。

御史台榆、槐、竹、柏四首 其一 榆

我行汴堤上，厌见榆阴绿。

千株不盈亩，斩伐同一束。

及居幽囚中，亦复见此木。

蠹(dù)皮溜秋雨，病叶埋墙曲。

谁言霜雪苦，生意[1]殊未足。

坐待春风至，飞英[2]覆空屋。

1. 生意：生机，活力。
2. 飞英：飘荡的飞花。

御史台榆、槐、竹、柏四首 其二 槐

忆我初来时，草木向衰歇。

高槐虽惊秋[1]，晚蝉犹抱叶。

淹留[2]未云[3]几，离离见疏荚。

栖鸦寒不去，哀叫饥啄雪。

破巢带空枝，疏影挂残月。

岂无两翅羽，伴我此愁绝。

---

1. 惊秋：比喻迅速凋零衰败。
2. 淹留：羁留，逗留。
3. 云：语气副词。

十二月二十八日，蒙恩责授检校[1]水部员外郎黄州团练副使，复用前韵二首 其一

百日归期恰及春，余年乐事最关身。
出门便旋[2]风吹面，走马联翩[3]鹊啅（zhào）[4]人。
却对酒杯疑是梦，试拈诗笔已如神。
此灾何必深追咎，窃禄[5]从来岂有因。

1. 检校：正官外的一种加官，无实职。
2. 便旋：徘徊回旋。
3. 联翩：翻飞不停貌。
4. 啅：鸟雀聒噪。
5. 窃禄：窃取官禄，这里是做官的谦称。

十二月二十八日，蒙恩责授检校水部员外郎黄州团练副使，复用前韵二首　其二

平生文字为吾累，此去声名不厌低。
塞上纵归他日马，城东不斗少年鸡。
休官彭泽贫无酒，隐几[1]维摩[2]病有妻。
堪笑睢阳老从事[3]，为余投檄向江西。

---

1. 隐几：靠着几案。
2. 维摩：佛经中的人物，他生病时菩萨都来看他。
3. 睢阳老从事：指苏辙。他受牵连被贬为监筠州（今江西高安）盐酒税。睢阳，今属河南商丘。

正月十八日蔡州道上遇雪，次子由韵二首　其二

用马鞭抽雪，是无意识的动作，也是发泄心中的愤懑。虽然已经灰心了，但还是会“悲歌为黎元”。

铅膏[1]染髭(zī)须，旋露霜雪根。

不如闭目坐，丹府[2]夜自暾。

谁知忧患中，方寸寓羲(xī)轩[3]。

大雪从压屋，我非儿女萱。

平生学踵息[4]，坐觉两镫(dèng)温。

下马作雪诗，满地鞭箠(chuí)痕。

伫立望原野，悲歌为黎元[5]。

道逢射猎子，遥指狐兔奔。

踪迹尚可原，窟穴何足掀。

寄谢李丞相[6]，吾将反丘园。

---

1. 铅膏：化妆用的铅粉和油膏，这里指雪。
2. 丹府：丹田。
3. 羲轩：伏羲氏和轩辕氏的并称。
4. 踵息：道家炼气养生的法门。
5. 黎元：老百姓。
6. 李丞相：指李斯。李斯临刑前曾向儿子感叹“吾欲与若复牵黄犬俱出上蔡东门逐狡兔，岂可得乎”，后比喻为官遭祸，抽身悔迟。

二月二十六日，雨中熟睡，至晚，强起出门，还作此诗，意思殊昏昏也

在黄州，苏轼不得参与政事，开始做闲人。

卯酒[1]困三杯，午餐便一肉。
雨声来不断，睡味清且熟。
昏昏觉还卧，展转无由足。
强起出门行，孤梦犹可续。
泥深竹鸡语，村暗鸠妇[2]哭。
明朝看此诗，睡语应难读。

---

1. 卯酒：早晨喝的酒。
2. 鸠妇：指雌鸠。

游净居寺并叙

净居寺，在光山县南四十里大苏山之南、小苏山之北。寺僧居仁为余言：齐天保中，僧思惠过此，见父老，问其姓，曰苏氏，又得二山名。乃叹曰：吾师告我，遇三苏则住。遂留结庵。而父老竟无有，盖山神也。其后僧智顗（yǐ）[1]见思于此山而得法焉，则世所谓思大和尚、智者大师是也。唐神龙中，道岸禅师始建寺于其地。广明庚子之乱，寺废于兵火，至乾兴中乃复，而赐名曰梵天云。

十载游名山，自制山中衣。
愿言毕婚嫁，携手老翠微[2]。
不悟俗缘在，失身蹈危机。
刑名非夙学，陷阱损积威。
遂恐生死隔，永与云山违。
今日复何日，芒鞋自轻飞。

---

1. 智顗：南朝陈、隋时代的一位高僧，中国佛教天台宗四祖，也是实际的创始人。
2. 翠微：泛指青山。

稽首两足尊，举头双涕挥。

灵山会未散，八部[1]犹光辉。

愿从二圣[2]往，一洗千劫非。

徘徊竹溪月，空翠摇烟霏。

钟声自送客，出谷犹依依。

回首吾家山，岁晚将焉归？

---

1. 八部：佛经中常见的“护法神”。包括：天、龙、夜叉、乾闼婆、阿修罗、迦楼罗、紧那罗、摩睺罗伽。
2. 二圣：指思惠与智颢。

梅花二首 其二

何人把酒慰深幽，

开自无聊落更愁。

幸有清溪三百曲[1]，

不辞相送到黄州。

1. 曲：河流曲折的地方。

初到黄州

极度的悲愤、压抑下，故作轻松之语，给自己立“吃货”人设。

自笑平生为口忙，老来事业转荒唐[1]。

长江绕郭知鱼美，好竹连山觉笋香。

逐客不妨员外[2]置，诗人例作水曹郎[3]。

只惭无补丝毫事，尚费官家压酒囊[4]。

---

1. 荒唐：落空，无着落。
2. 员外：定额以外的官员。
3. 水曹郎：隶属水部的郎官，是同品级官员中最为边缘化的一种，被授予此官职，往往意味着勉强保留士大夫待遇，不被重视。
4. 压酒囊：压酒滤糟的布袋。宋代官员俸禄会用实物抵偿一部分，官府中酿酒用剩的酒袋就常被用来抵数。

定惠院寓居月夜偶出

幽人无事不出门，偶逐东风转良夜。
参差玉宇[1]飞木末[2]，缭绕香烟来月下。
江云有态清自媚，竹露无声浩如泻。
已惊弱柳万丝垂，尚有残梅一枝亚。
清诗独吟还自和，白酒已尽谁能借。
不辞青春忽忽过，但恐欢意年年谢。
自知醉耳爱松风，会拣霜林结茅舍。
浮浮大甑[3]长炊玉[4]，溜溜小槽如压蔗。
饮中真味老更浓，醉里狂言醒可怕。
闭门谢客对妻子，倒冠落佩从嘲骂。

---

1. 玉宇：玉建成的宫殿，传说是天上仙人的居所。
2. 木末：树梢。
3. 甑：蒸饭的瓦器，底部有许多透蒸气的孔格。
4. 炊玉：用昂贵如玉的米、粟做饭，形容饭食珍贵。

次韵前篇

去年花落在徐州，对月酣歌美清夜。

今年黄州见花发，小院闭门风露下。

万事如花不可期，余年似酒那禁泻。

忆昔扁舟溯巴峡[1]，落帆樊口[2]高桅亚。

长江衮衮(gǔn)[3]空自流，白发纷纷宁少借。

竟无五亩继沮溺[4]，空有千篇凌鲍谢[5]。

至今归计负云山，未免孤衾眠客舍。

少年辛苦真食蓼(liáo)[6]，老境安闲如啖蔗[7]。

饥寒未至且安居，忧患已空犹梦怕。

穿花踏月饮村酒，免使醉归官长骂。

---

1. 巴峡：巴县以东江面的石洞峡、铜锣峡、明月峡。
2. 樊口：樊港入江之口，在今湖北鄂州市。
3. 衮衮：大水奔流貌。
4. 沮溺：指长沮、桀溺，春秋时的隐者。
5. 鲍谢：南朝诗人鲍照和谢灵运，一说指鲍照与谢朓。
6. 食蓼：指不把吃苦作为苦事。
7. 啖蔗：比喻渐至佳境，这里指到老愈觉安闲有味。

寓居定惠院之东，杂花满山，有海棠一株，土人不知贵也

江城地瘴蕃[1]草木，只有名花苦幽独。
嫣然一笑竹篱间，桃李漫山总粗俗。
也知造物有深意，故遣佳人在空谷。
自然富贵出天姿，不待金盘荐华屋。
朱唇得酒晕生脸，翠袖卷纱红映肉。
林深雾暗晓光迟，日暖风轻春睡足。
雨中有泪亦凄怆，月下无人更清淑[2]。
先生食饱无一事，散步逍遥自扪[3]腹。
不问人家与僧舍，拄杖敲门看修竹。
忽逢绝艳照衰朽，叹息无言揩病目。
陋邦何处得此花，无乃好事移西蜀。
寸根千里不易致，衔子飞来定鸿鹄。

---

1. 蕃：茂盛。
2. 清淑：清秀，美好。
3. 扪：按，摸。

天涯流落俱可念，为饮一樽歌此曲。

明朝酒醒还独来，雪落纷纷那忍触。

五禽言五首 其二

昨夜南山雨，西溪不可渡。

溪边布谷[1]儿，劝我脱破裤。

不辞脱裤溪水寒，水中照见催租瘢[2]。

1 布谷：苏轼自注“土人谓布谷为脱却破裤”。

2. 催租瘢：农民被逼交租税时受到拷打而留下的伤瘢。

少年时，尝过一村院。见壁上有诗，云："夜凉疑有雨，院静似无僧。"不知何人诗也。宿黄州禅智寺，寺僧皆不在，夜半雨作，偶记此诗，故作一绝

佛灯[1]渐暗饥鼠出，
山雨忽来修竹鸣。
知是何人旧诗句，
已应知我此时情。

1. 佛灯：供于佛前的灯火。

西江月

劫后余生的凄凉。与丙辰中秋对看，别是一番滋味。

世事一场大梦，人生几度秋凉。夜来风叶已鸣廊。

看取眉头鬓上。

酒贱常愁客少，月明多被云妨。中秋谁与共孤光[1]。

把盏凄然北望。

---

1. 孤光：孤月。

江城子

大雪。有怀朱康叔使君[1]，亦知使君之念我也，作此以寄之。

黄昏犹是雨纤纤[2]。晓开帘，欲平檐。江阔天低，无处认青帘[3]。孤坐冻吟谁伴我，揩病目，撚衰髯。

使君留客醉厌厌[4]。水晶盐，为谁甜。手把梅花，东望忆陶潜[5]。雪似故人人似雪，虽可爱，有人嫌。

---

1. 朱康叔使君：即朱寿昌，字康叔。苏轼贬居黄州，与其多有书信往来。使君是对州郡长官的尊称，朱寿昌此时在鄂州（今武汉市）为太守。
2. 雨纤纤：细雨长丝的样子。
3. 青帘：旧时酒店门口挂的幌子，多用青布制成，因此也代指酒家。
4. 厌厌：精神萎靡不振的样子。
5. 陶潜：即东晋诗人陶渊明。

正月二十日，与潘、郭二生出郊寻春，忽记去年是日同至女王城作诗，乃和前韵

东风未肯入东门，走马还寻去岁村。

人似秋鸿来有信，事如春梦了无痕。

江城白酒三杯酽[1]，野老苍颜一笑温。

已约年年为此会，故人不用赋《招魂》[2]。

1. 酽：味浓。
2. 《招魂》：《楚辞》的《招魂》篇，这里用“赋《招魂》”代指朋友挂念。

寒食雨二首 其一

自我来黄州，已过三寒食。
年年欲惜春，春去不容惜。
今年又苦雨，两月秋萧瑟。
卧闻海棠花，泥污燕脂雪[1]。
暗中偷负去，夜半真有力。
何殊病少年[2]，病起头已白。

1. 燕脂雪：代指海棠花瓣。燕脂，即胭脂。
2. 病少年：这里指被雨打落花瓣的海棠宛如患病的少年。

徐使君分新火[1]

临皋亭中一危坐，三见清明改新火。
沟中枯木应笑人，钻斫不然谁似我。
黄州使君怜久病，分我五更红一朵。
从来破釜跃江鱼，只有清诗嘲饭颗[2]。
起携蜡炬绕空屋，欲事烹煎无一可。
为公分作无尽灯，照破十方昏暗锁。

---

1. 新火：唐宋习俗，清明前一日禁火寒食，到清明节再起火赐百官，称为“新火”。
2. 饭颗：饭粒。

江城子

陶渊明以正月五日游斜川，临流班坐[1]，顾瞻南阜，爱曾城[2]之独秀，乃作斜川诗，至今使人想见其处。元丰壬戌之春，余躬耕于东坡，筑雪堂居之。南挹(yì)四望亭之后丘，西控北山之微泉，慨然而叹，此亦斜川之游也。乃作长短句，以《江城子》歌之。

梦中了了[3]醉中醒。只渊明，是前生。走遍人间，依旧却躬耕。昨夜东坡春雨足，乌鹊喜，报新晴。

雪堂西畔暗泉鸣。北山倾，小溪横。南望亭丘，孤秀耸曾城。都是斜川当日境，吾老矣，寄余龄。

1. 班坐：依次而坐。
2. 曾城：即层城。
3. 了了：清楚，明白。

定风波

壬戌年是苏轼高产的一年，情绪上缓过来了，开始反思。这是壬戌之春的作品。

壬戌年赋诗词都有佳作，这也是苏轼词学水平大幅度提高的一年，是他文学生命中的一个高峰。

三月七日沙湖道中遇雨。雨具先去，同行皆狼狈，余独不觉。已而遂晴，故作此。

莫听穿林打叶声，何妨吟啸且徐行。竹杖芒鞋[1]轻胜马，谁怕，一蓑烟雨任平生。

料峭[2]春风吹酒醒，微冷，山头斜照却相迎。回首向来萧瑟处，归去，也无风雨也无晴。

1. 芒鞋：草鞋。
2. 料峭：形容风力寒冷、尖利。

浣溪沙

壬戌之春，苏轼写出了“门前流水尚能西”。

游蕲(qí)水[1]清泉寺。寺临兰溪，溪水西流。

山下兰芽短浸溪，松间沙路净无泥，萧萧暮雨子规啼。

谁道人生无再少，门前流水尚能西。休将白发唱黄鸡[2]。

1. 蕲水：即蕲水县，在今湖北浠水县。
2. 唱黄鸡：指感慨时光流逝。

西江月

顷在黄州，春夜行蕲水中。过酒家饮，酒醉。乘月至一溪桥上，解鞍曲肱，醉卧少休。及觉已晓，乱山攒拥，流水锵然，疑非尘世也。书此语桥柱上。

照野弥弥[1]浅浪，横空隐隐层霄[2]。障泥[3]未解玉骢(cōng)骄[4]，我欲醉眠芳草。
可惜一溪风月，莫教踏碎琼瑶[5]。解鞍欹(qī)[6]枕绿杨桥，杜宇一声春晓。

---

1. 弥弥：水波粼粼的样子。
2. 层霄：云气。
3. 障泥：垂于马腹两侧，用于遮挡尘土的鞍鞯。
4. 玉骢骄：良马健壮的样子。
5. 琼瑶：美玉，这里指月亮在水中的倒影。
6. 欹：斜靠。

哨遍

把陶渊明的《归去来兮辞》改成了一首词，反映了此时苏轼在精神上对陶渊明的高度认同。在形式上，这也是个有趣的玩法。

陶渊明赋《归去来》[1]，有其词而无其声。余治[2]东坡，筑雪堂于上，人俱笑其陋。独鄱阳董毅夫过而悦之，有卜邻之意。乃取《归去来》词，稍加檃(yǐn)栝[3]，使就声律，以遗毅夫。使家童歌之，时相从于东坡，释耒[4]而和之，扣牛角而为之节，不亦乐乎。

为米折腰，因酒弃家，口体交相[5]累。归去来，谁不遣君归。觉从前皆非今是。露未晞[6]。征夫指余归路，门前笑语喧童稚。嗟旧菊都荒，新松暗老，吾年今已如此。但小窗容膝[7]闭柴扉。策杖看孤云暮鸿

1. 《归去来》：指陶渊明《归去来兮辞》，本篇多化用其中语句。
2. 治：治理，耕种。
3. 檃栝：（就原有的文章、著作）剪裁、改写。
4. 耒：耕地的农具。
5. 交相：互相。
6. 晞：干。
7. 容膝：仅能容下双膝，形容居室狭小。

飞。云出无心，鸟倦知还，本非有意。

噫。归去来兮。我今忘我兼忘世。亲戚无浪语，琴书中有真味。步翠麓崎岖，泛溪窈窕，涓涓暗谷流春水。观草木欣荣，幽人自感，吾生行且休矣。念寓形[1]宇内复几时。不自觉皇皇[2]欲何之。委吾心、去留谁计。神仙知在何处，富贵非吾志。但知临水登山啸咏，自引壶觞自醉。此生天命更何疑。且乘流、遇坎还止[3]。

---

1. 寓形：寄托形体。
2. 皇皇：同“惶惶”，不安的样子。
3. 遇坎还止：指随遇而安，顺其自然。

洞仙歌

在黄州，苏轼突然回忆起了童年的一段神奇经历，并对历史人物展开了浪漫想象。其实，也许他就是想写《洞仙歌》了，这个词牌的声情非常美。《洞仙歌》是一个有拗句的词牌，也是豪放派词人所喜爱的。不过，最动人的《洞仙歌》似乎还是这一首。

余七岁时，见眉山老尼。姓朱，忘其名，年九十岁，自言尝随其师入蜀主孟昶(chǎng)[1]宫中。一日大热，蜀主与花蕊夫人[2]夜纳凉摩诃池上，作一词。朱具能记之。今四十年，朱已死久矣，人无知此词者。但记其首两句，暇日寻味，岂《洞仙歌》令乎？乃为足之云。

冰肌玉骨，自清凉无汗。水殿[3]风来暗香满。绣帘开、一点明月窥人，人未寝，欹枕钗横鬓乱。

起来携素手，庭户无声，时见疏星渡河汉。试问夜如何，夜已三更，金波[4]淡、玉绳[5]低转。但屈指西

1. 孟昶：五代十国时期后蜀末代皇帝。
2. 花蕊夫人：孟昶的妃子，姓徐（一说姓费），貌美如花蕊，故被称为“花蕊夫人”。
3. 水殿：指摩诃池上供孟昶和花蕊夫人玩乐的宫殿。
4. 金波：月光。
5. 玉绳：星名，位于北斗星附近。此处泛指群星。

风几时来，又不道[1]流年暗中偷换。

1. 不道：不知不觉。

菩萨蛮

苏轼觉得，比起人间的夫妻，牛郎织女还算是幸福的。其实秦观的《鹊桥仙》可能也是这个意思。牛郎织女是“长共天难老”的，所以才能“两情久长”，才不羡慕“朝朝暮暮”。

风回仙驭[1]云开扇[2]。更阑月坠星河转[3]。枕上梦魂惊。晓檐疏雨零。

相逢虽草草。长共天难老[4]。终不羡人间。人间日似年。

---

1. 风回仙驭：风把太阳神坐的车吹得又倒转回来，比喻天快亮了。仙驭，神仙乘坐的车，这里代指太阳神坐的车，比喻太阳。
2. 云开扇：像雉尾扇遮盖车辆一样遮盖太阳的云移开了，即云散日出。
3. 星河转：银河斜转。
4. 长共天难老：指牛郎和织女永远和天一同存在，不会老死。

念奴娇

名作，作于贬谪黄州期间。

大江东去，浪淘尽、千古风流人物。故垒[1]西边，人道是，三国周郎[2]赤壁。乱石穿空，惊涛拍岸，卷起千堆雪。江山如画，一时多少豪杰。

遥想公瑾当年，小乔初嫁[3]了，雄姿英发。羽扇纶(guān)巾[4]，谈笑间，樯橹[5]灰飞烟灭。故国神游，多情应笑我，早生华发。人生如梦，一尊还酹(lèi)[6]江月。

1. 故垒：过去遗留下来的营垒。
2. 周郎：指周瑜。
3. 小乔初嫁：小乔嫁给周瑜时距赤壁之战已经十年，这里虚写周瑜少年得志，倜傥风流。
4. 羽扇纶巾：羽扇，羽毛制成的扇子。纶巾，青丝制成的头巾。指大将指挥若定，潇洒从容。
5. 樯橹：代指曹操的水军战船。
6. 酹：把酒洒在地上表示祭奠。

南乡子

霜降水痕收[1]，浅碧鳞鳞[2]露远洲。酒力渐消风力软，飕飕。破帽多情却恋头。
佳节若为酬[3]，但把清尊断送秋。万事到头都是梦，休休。明日黄花蝶也愁。

1. 水痕收：指水位降低。
2. 鳞鳞：如鱼鳞般的水波。
3. 若为酬：怎样应付过去。

临江仙

夜饮东坡醒复醉，归来仿佛[1]三更。家童鼻息已雷鸣。敲门都不应，倚杖听江声。

长恨此身非我有，何时忘却营营。夜阑[2]风静縠(hú)纹[3]平。小舟从此逝，江海寄余生。

1. 仿佛：隐约。
2. 夜阑：夜深。
3. 縠纹：水面上的细微波纹。縠，有皱纹的纱。

卜算子

其实写的是苏轼黄州时代的心境。把词当诗写，十分雅致。

缺月挂疏桐，漏断[1]人初静。谁见幽人[2]独往来，缥缈[3]孤鸿影。

惊起却回头，有恨无人省，拣尽寒枝不肯栖，寂寞沙洲冷。

---

1. 漏断：指夜深。漏，即漏壶，古代计时器。
2. 幽人：隐逸之士，一说为幽囚之人。
3. 缥缈：高远隐约貌。

定风波

“此心安处是吾乡”其实出自白居易的诗句，苏轼用这句话来概括歌姬的话。这也是他此时对人生的看法。

王定国歌儿曰柔奴，姓宇文氏，眉目娟丽，善应对，家世住京师。定国南迁归，余问柔：“广南风土应是不好？”柔对曰：“此心安处便是吾乡。”因为缀词云。

常羡人间琢玉郎[1]，天应乞与点酥娘[2]。自作清歌传皓齿，风起，雪飞炎海变清凉。[3]
万里归来颜愈少，微笑，笑时犹带岭梅香。试问岭南应不好，却道，此心安处是吾乡。

1. 琢玉郎：如玉雕琢、丰神俊朗的男子。
2. 点酥娘：肌肤光洁细腻的美女。
3. “雪飞”句：形容柔奴的歌声动听悦耳、沁人心脾，使炎热的夏日也变得清凉。

橄榄

纷纷青子落红盐[1]，
正味森森[2]苦且严。
待得微甘回齿颊，
已输崖蜜[3]十分甜。

1. 青子落红盐：指岭南用红盐涂抹树身，使橄榄自然落下的采集方法。
2. 森森：味道纯正浓郁。
3. 崖蜜：山崖间野蜂所酿的蜜。

东坡

雨洗东坡月色清，
市人行尽野人[1]行。
莫嫌荦确[2]坡头路，
自爱铿然曳杖声。

1. 野人：泛指村野之人。
2. 荦确：坚硬貌。

题沈君[1]琴

若言琴上有琴声，

放在匣中何不鸣？

若言声在指头上，

何不于君指上听？

1. 沈君：姓名已不可考，当为苏轼友人武昌主簿吴君采之友。

行香子

清夜无尘，月色如银。酒斟时、须满十分。浮名浮利，虚苦劳神。叹隙中驹[1]，石中火[2]，梦中身。

虽抱文章，开口谁亲。且陶陶[3]、乐尽天真。几时归去，作个闲人。对一张琴，一壶酒，一溪云。

1. 隙中驹：白马驰过缝隙，比喻时光易逝。
2. 石中火：凿石见火，比喻人生短暂。
3. 陶陶：和乐貌。

学士时代

（五十一至五十八岁）

这是苏轼一生中最荣耀的官职，自此，人们便尊称他“大学士”

海棠

朝政出现了转机，苏轼看到了回朝的希望，诗作也华美了起来。此诗体现出他此时生活的热情。

东风袅袅泛崇光[1]，

香雾空蒙月转廊。

只恐夜深花睡去，

故烧高烛照红妆。

---

1. 崇光：高贵华美的光泽。

满庭芳

得到升迁，结束贬谪生活，得以回京，告别黄州之作。
苏轼此时已年近五十，回顾在黄州的谪居生活，感慨万千。同时酬谢黄州父老的深情厚谊。
他跟父老说，我已经爱上了这个地方，如果过两年在朝中过得不高兴，我就再回来，继续跟你们一起钓鱼。
之所以想到这里，大概是对皇帝也并不信任了，不知道今后还有怎样的风险。
不过，他大概也不是真的想回来。

元丰七年四月一日，余将去黄移汝，留别雪堂邻里二三君子。会李仲览自江东来别，遂书以遗之。

归去来兮，吾归何处，万里家在岷峨[1]。百年强半[2]，来日苦无多。坐见黄州再闰[3]，儿童尽楚语吴歌。山中友，鸡豚社酒[4]，相劝老东坡。

云何，当此去，人生底事，来往如梭。待闲看，秋风洛水清波。好在堂前细柳，应念我、莫剪柔柯。仍传语，江南父老，时与晒渔蓑。

---

1. 岷峨：岷山与峨眉山，位于四川，代指苏轼的故乡。
2. 强半：大半。
3. 再闰：阴历三年一闰，两闰为六年。苏轼元丰二年（1079）贬黄州，元丰三年有闰九月，六年有闰六月，所以是再闰。
4. 社酒：春秋社日祭祀土地神准备的酒，这里泛指酒。

题西林壁

回朝途中，路过庐山时写的。
在金陵，苏轼拜望了王安石，意外地谈得还不错。

横看成岭侧成峰，
远近高低各不同。[1]
不识庐山真面目，
只缘[2]身在此山中。

1. “远近”句：一作“到处看山了不同”。
2. 缘：因为。

次荆公[1]韵四绝 其三

大半辈子与王安石相看两相厌的苏轼，这时候和起王安石的诗来了。他们本来可以成为知己的。

骑驴渺渺[2]入荒陂[3]，

想见先生未病时。

劝我试求三亩宅，

从公已觉十年迟。

1. 荆公：即王安石。
2. 渺渺：悠远貌。
3. 荒陂：荒芜的山坡。

浣溪沙

这一段时光，苏轼过得很惬意。

细雨斜风作晓寒，淡烟疏柳媚晴滩。入淮清洛[1]渐漫漫。

雪沫乳花[2]浮午盏，蓼茸[3]蒿笋[4]试春盘[5]。人间有味是清欢。

（蓼茸 liǎo róng）

1. 洛：洛水。宋代元丰年间导引洛水经汴渠流入淮水。
2. 雪沫乳花：烹茶时浮起的泡沫。
3. 蓼茸：初生的蓼菜。
4. 蒿笋：芦蒿的嫩茎。
5. 春盘：旧俗立春时取生菜、果品、饼饵放在盘中作为食物，称“春盘”。

惠崇春江晚景二首 其一

重新得志的时代，饶有兴味的题诗。

竹外桃花三两枝，

春江水暖鸭先知。

蒌蒿[1]满地芦芽[2]短，

正是河豚[3]欲上[4]时。

---

1. 蒌蒿：一种水草名，嫩芽叶可食。
2. 芦芽：芦苇的幼芽。
3. 河豚：一种肉味鲜美但有剧毒的鱼，每年春天逆江而上，在淡水中产卵。
4. 上：指逆流而上。

和人见赠

首联的自嘲很有趣。即使是重新得志，苏轼也已经灰心了，对未来没有太高的期望。

只写东坡不著名，此身已是一长亭。

壮心无复春流[1]起，衰鬓从教病叶零。

知有雪儿[2]供笔砚，应嗤灶妇洗盆瓶。

回来索酒公应厌，京口新传作客经。

1. 春流：春天解冻的江流。
2. 雪儿：美人，泛指歌女。

西太一[1]见王荆公旧诗，偶次其韵二首　其一

秋早川原净丽，

雨余风日清酣。

从此归耕剑外[2]，

何人送我池南[3]。

1. 西太一：西太一宫，祭祀太一神的祀所，在汴京西南八角镇。
2. 剑外：剑门关以南，指苏轼的故乡四川。
3. 池南：池阳县以南，今陕西泾阳西北，代指归蜀之路。

虢(guó)国夫人[1]夜游图

佳人自鞚(kòng)[2]玉花骢，翩如惊燕蹋飞龙。
金鞭争道[3]宝钗落，何人先入明光宫[4]。
宫中羯鼓催花柳，玉奴[5]弦索花奴[6]手。
坐中八姨真贵人，走马来看不动尘。
明眸皓齿谁复见，只有丹青余泪痕。
人间俯仰成今古，吴公台下雷塘路。[7]
当时亦笑张丽华[8]，不知门外韩擒虎[9]。

---

1. 虢国夫人：杨贵妃三姐的封号。后“八姨”即杨贵妃八姐，封秦国夫人。
2. 鞚：马勒。
3. 金鞭争道：据记载，正月十五夜游时杨家与广平公主争道西市门，其家奴挥鞭惊吓公主坠马。
4. 明光宫：指代唐代的宫殿。
5. 玉奴：杨贵妃的小名。
6. 花奴：汝阳王李琎的小名。
7. 吴公台、雷塘：隋炀帝死后初葬吴公台，后迁雷塘。
8. 张丽华：南朝陈后主（陈叔宝）宠妃，隋灭陈时，被隋将韩擒虎俘杀。
9. 韩擒虎：隋初开国功臣，灭陈时为先锋。

水龙吟

回朝之后，苏轼的酬赠之作增多，精品相对较少；酬赠往往用诗，词也填得较少。这是他这一时期填得最好的词，还是一首次韵之作。
他这首次韵，自然得好像不是次韵，原作反而被他衬托得像次韵一样。这时候苏轼运用语言的功力已经炉火纯青了。

似花还似非花，也无人惜从教[1]坠。抛家傍路，思量却是，无情有思。萦损柔肠[2]，困酣娇眼，欲开还闭。梦随风万里，寻郎去处，又还被、莺呼起。
不恨此花飞尽，恨西园、落红难缀。晓来雨过，遗踪何在，一池萍碎[3]。春色三分，二分尘土，一分流水。细看来，不是杨花。点点是、离人泪。

1. 从教：任凭。
2. 柔肠：此处是以细长柔软的柳枝比喻柔肠。
3. 萍碎：传说杨花入水化为浮萍。

书鄢陵王主簿所画折枝二首　其一

“文坛领袖”苏轼对文艺理论的思考。

论画以形似，见与儿童邻。

赋诗必此诗，定非知诗人。

诗画本一律，天工与清新。

边鸾[1]雀写生，赵昌[2]花传神。

何如此两幅，疏淡含精匀[3]。

谁言一点红，解寄无边春。

---

1. 边鸾：唐代画家，擅长画花鸟折枝图。
2. 赵昌：北宋画家，擅长画折枝花。他会在朝露未干时绕花圃观察花木神态，调色描绘，自号“写生赵昌”。
3. 精匀：精致匀称。

戏用晁补之韵

昔我尝陪醉翁醉[1]，今君但吟诗老[2]诗。

清诗咀嚼那得饱，瘦竹潇洒令人饥。

试问凤凰饥食竹，何如驽马肥苜蓿（mù xu）[3]。

知君忍饥空诵诗，口颊澜翻[4]如布谷。

---

1. 醉翁：指欧阳修。
2. 诗老：指梅尧臣。
3. 苜蓿：原产西域的一种植物，张骞出使西域时从大宛传入，可作饲料或肥料，也可食用。
4. 澜翻：比喻言辞滔滔不绝。

书李世南所画秋景二首 其一

野水参差落涨痕，

疏林欹倒出霜根[1]。

扁舟一棹归何处，

家在江南黄叶村。

1. 霜根：白色的草木根。

郭熙[1]秋山平远二首　其一

目尽孤鸿落照边，

遥知风雨不同川。

此间有句无人识，

送与襄阳孟浩然。

1. 郭熙：北宋画家，传世作品有《窠石平远图》《秋山行旅图》等。

赠刘景文[1]

刘景文此时不太顺利，苏轼此诗也有安慰他的意思。

荷尽已无擎雨盖，

菊残犹有傲霜枝。

一年好景君须记，

最是橙黄橘绿时。

1. 刘景文：刘季孙，字景文，工诗，与苏轼交好，多有诗歌唱酬往来。

木兰花令

知君仙骨无寒暑。千载相逢犹旦暮。故将别语恼佳人，欲看梨花枝上雨[1]。

落花已逐回风[2]去。花本无心莺自诉。明朝归路下塘西，不见莺啼花落处。

1. 梨花枝上雨：这里比喻马中玉惜别之泪。前面的“佳人”也指马中玉。
2. 回风：旋风。

八声甘州

有情风万里卷潮来，无情送潮归。问钱塘江上，西兴[1]浦口，几度斜晖。不用思量今古，俯仰昔人非。谁似东坡老，白首忘机[2]。

记取西湖西畔，正春山好处，空翠烟霏。算诗人相得，如我与君稀。约他年、东还海道，愿谢公[3]、雅志[4]莫相违。西州[5]路，不应回首，为我沾衣。

---

1. 西兴：西兴渡，即西陵。
2. 忘机：恬淡自适，消除机心。
3. 谢公：即谢安。
4. 雅志：很早就立下的志愿。谢安虽任高官，但一直有隐居的念头。
5. 西州：古建业（今江苏南京）城门名。

木兰花令[1]

身居高位、垂垂老矣的苏轼，再一次回忆起他的老师欧阳修，追和老师的词作。

霜余已失长淮阔。空听潺潺清颍咽。佳人犹唱醉翁词，四十三年[2]如电抹。

草头秋露流珠滑。[3]三五盈盈还二八。[4]与余同是识翁人，惟有西湖波底月。

1. 这首词次的是欧阳修《玉楼春》（西湖南北烟波阔）的韵。
2. 四十三年：欧阳修皇祐元年（1049）任颍州知州，作《玉楼春》，至此时正是四十三年。
3. “草头”句：比喻世事变幻迅疾，难以久持。
4. “三五”句：十五圆满的月亮到了十六马上就亏缺了。

泛颍

我性喜临水，得颍意甚奇。

到官十日来，九日河之湄[1]。

吏民笑相语，使君老而痴。

使君实不痴，流水有令姿[2]。

绕郡十余里，不驶亦不迟。

上流直而清，下流曲而漪。

画船俯明镜，笑问汝为谁。

忽然生鳞甲[3]，乱我须与眉。

散为百东坡，顷刻复在兹。

此岂水薄相[4]，与我相娱嬉。

声色与臭味，颠倒眩小儿。

等是儿戏物，水中少磷缁（lín zī）[5]。

---

1. 湄：水滨。
2. 令姿：美好的姿态。
3. 鳞甲：形容水面的波纹。
4. 薄相：轻薄的样子。以捉弄玩笑比喻水波散乱影子。
5. 磷缁：比喻因环境影响而起不良变化。

赵[1]陈[2]两欧阳[3]，同参天人师。

观妙各有得，共赋泛颍诗。

1. 赵：指赵令畤。
2. 陈：指陈师道。
3. 两欧阳：指欧阳修之子欧阳发、欧阳棐。

刘景文家藏乐天[1]《身心问答三首》，戏书一绝其后

渊明形神[2]自我，
乐天身心相物。
而今月下三人，
他日当成几佛。

1. 乐天：白居易，字乐天。
2. 渊明形神：指陶渊明有《形赠影》《影答形》《神释》三首诗。

减字木兰花

春庭月午[1]，摇荡香醪光欲舞。[2]步转回廊，半落梅花婉娩[3]香。

轻云薄雾，总是少年行乐处。不似秋光，只与离人照断肠。

1. 月午：月至午夜。
2. “摇荡”句：梅花香如酒香飘荡，梅枝在月光下仿佛起舞一般。
3. 婉娩：原义为女子容色柔顺，这里形容梅花香气馨温。

青玉案

三年枕上吴中路。遣黄犬、随君去。若到松江呼小渡[1]。莫惊鸥鹭，四桥[2]尽是，老子[3]经行处。

《辋(wǎng)川图》[4]上看春暮。常记高人右丞[5]句。作个归期天已许。春衫犹是，小蛮[6]针线，曾湿西湖雨。

1. 呼小渡：呼小舟摆渡。
2. 四桥：苏州的四座名桥。
3. 老子：老年人自称，这里是作者自指。
4. 《辋川图》：唐代诗人王维在辋川（今陕西蓝田南）有别墅，曾在蓝田清凉寺壁上画《辋川图》，表示隐逸之志。
5. 右丞：即王维。他曾任尚书右丞。
6. 小蛮：白居易家妓名。

谷林堂

深谷下窈窕[1]，高林合扶疏[2]。
美哉新堂成，及此秋风初。
我来适过雨，物至如娱予。
稚竹真可人，霜节[3]已专车。
老槐苦无赖[4]，风花欲填渠。
山鸦争呼号，溪蝉独清虚。
寄怀劳生外，得句幽梦余。
古今正自同，岁月何必书。

---

1. 窈窕：深邃貌。
2. 扶疏：枝叶繁茂分披貌。
3. 霜节：指竹子。
4. 无赖：无所倚靠。

蝶恋花

花褪残红[1]青杏小。燕子飞时，绿水人家绕。枝上柳绵[2]吹又少，天涯何处无芳草。

墙里秋千、墙外道。墙外行人，墙里佳人笑。笑渐不闻声渐悄，多情却被无情恼。

1. 花褪残红：花瓣落尽。
2. 柳绵：柳絮。

南歌子

寸恨[1]谁云短，绵绵岂易裁。半年眉绿[2]未曾开。明月好风闲处是人猜。

春雨消残冻，温风到冷灰[3]。尊前一曲为谁哉。留取曲终一拍待君来。

1. 寸恨：轻微的怅恨。
2. 眉绿：黑眉，也作蛾绿、黛绿。
3. 冷灰：烛芯的灰烬，这里指冰冷的心情。

岭南时代

（五十九至六十六岁）

这是在已经没有激情的日子里打发时间，也是维护自己最后的一点骄傲

壶中九华诗并引

贬谪岭南，是苏轼人生中的最后一次挫折。此时，他已年近六旬了。此诗写于贬谪途中。

湖口人李正臣蓄异石九峰，玲珑宛转，若窗棂然。予欲以百金买之，与仇池石[1]为偶，方南迁未暇也。名之曰壶[2]中九华，且以诗纪之。

清溪电转失云峰，梦里犹惊翠扫空。
五岭莫愁千嶂外，九华今在一壶中。
天池水落层层见，[3]玉女窗虚处处通。[4]
念我仇池太孤绝，百金归买碧玲珑[5]。

1. 仇池石：苏轼在扬州所蓄异石。
2. 壶：指神仙壶公之壶。
3. “天池”句：随着水势下落，盆中的山石美景层层现出。
4. “玉女”句：形容山石盆景透漏如明亮小窗处处洞开。
5. 碧玲珑：指九华石。

慈湖夹阻风五首　其三

韩愈也是苏轼的一个偶像。文人在游山玩水的时候，经过偶像到过的地方，难免会想，“这番风景他也看过吧”。

我行都是退之[1]诗，

真有人家水半扉。

千顷桑麻在船底，

空余石发[2]挂鱼衣。

1. 退之：韩愈，字退之。
2. 石发：指水草。

发广州

苏轼被贬往惠州。

朝市[1]日已远，此身良自如。

三杯软饱[2]后，一枕黑甜[3]余。

蒲涧[4]疏钟外，黄湾落木初。

天涯未觉远，处处各樵渔。

1. 朝市：指朝廷。
2. 软饱：苏轼自注“浙人谓饮酒为软饱”。
3. 黑甜：苏轼自注“俗谓睡为黑甜”。
4. 蒲涧：指广州蒲涧寺。

四月十一日初食荔支

苏轼在岭南吃到了荔枝，觉得很新奇。

南村诸杨北村卢，[1]白华青叶冬不枯。
垂黄缀紫烟雨里，特与荔子为先驱。
海山仙人[2]绛罗襦[3]，红纱中单白玉肤。[4]
不须更待妃子笑，风骨自是倾城姝。
不知天公有意无，遣此尤物生海隅。
云山得伴松桧老，霜雪自困楂梨粗。[5]
先生洗盏酌桂醑(xǔ)[6]，冰盘荐此赪(chēng)虬珠[7]。
似开江鳐(yáo)斫玉柱，更洗河豚烹腹腴(yú)[8]。
我生涉世本为口，一官久已轻莼鲈。
人间何者非梦幻，南来万里真良图。

---

1. “南村”句：苏轼自注“谓杨梅、卢橘也”。
2. 海山仙人：指荔枝。
3. 绛罗襦：形容荔枝外壳如绛红色绸衣。
4. “红纱”句：形容荔枝内皮如红纱中衣，瓤肉如白玉肌肤。
5. “霜雪”句：指荔枝不像北方的山楂、梨子因霜雪而味道粗糙。
6. 桂醑：新酿的桂酒。
7. 赪虬珠：赤龙珠，指荔枝。
8. 腹腴：鱼腹的肥肉。

荔支叹

同时，苏轼也看到了荔枝给人民带来的苦难。即使是在贬谪岭南这样严厉的处罚下，他仍然会写这种忧国忧民的诗。

十里一置[1]飞尘灰，五里一堠(hòu)[2]兵火催。

颠坑仆谷相枕藉，知是荔支龙眼来。

飞车跨山鹘(hú)[3]横海，风枝露叶如新采。

宫中美人一破颜，惊尘溅血流千载。

永元[4]荔支来交州[5]，天宝岁贡取之涪。[6]

至今欲食林甫肉，无人举觞酹伯游[7]。

我愿天公怜赤子，莫生尤物为疮痏(wěi)[8]。

雨顺风调百谷登，民不饥寒为上瑞。

---

1. 置：驿站。
2. 堠：古代瞭望敌情的土堡。
3. 鹘：一种鸷鸟，即隼。
4. 永元：汉和帝年号。当时曾从南海进贡荔枝，因劳民伤财而被汉和帝诏止。
5. 交州：古地名。东汉时包括今越南北部和中部、中国广西和广东。
6. “天宝”句：指唐代天宝年间自涪陵进贡荔枝。
7. 伯游：唐羌，字伯游，汉代人。汉和帝即因他上书劝谏而诏止进贡荔枝。
8. 疮痏：祸害。

君不见武夷溪边粟粒芽[1]，前丁后蔡[2]相笼加。

争新买宠各出意，今年斗品充官茶。

吾君所乏岂此物，致养口体何陋耶。

洛阳相君[3]忠孝家，可怜亦进姚黄花[4]。

---

1. 粟粒芽：武夷茶的上品。
2. 前丁后蔡：指宋朝丁谓、蔡襄先后任福建漕使督造贡茶，为了博得皇帝欢心，争相斗品武夷茶。
3. 洛阳相君：指钱惟演，他曾任西京留守。
4. 姚黄花：牡丹的名贵品种，洛阳进贡牡丹即自钱惟演始。

食荔支二首　其二

聊以自慰。

罗浮山下四时春，
卢橘[1]杨梅次第[2]新。
日啖荔支三百颗，
不辞长作岭南人。

1. 卢橘：这首诗中指枇杷。
2. 次第：依次。

纵笔

苏轼在惠州的生活状态。

有人说，他在惠州还挺自在的，还能每天睡大觉，怪不得要再往海南贬。其实，睡大觉是因为没有事做，不能做事。实际上，他这时候已经是“白头萧散”“寄病容”了。

白头萧散[1]满霜风[2]，

小阁藤床寄病容。

报道先生春睡美，

道人[3]轻打五更钟。

---

1. 萧散：萧疏散乱。
2. 霜风：形容头发披离的样子。
3. 道人：寺中僧人。

和陶赴假江陵夜行郊行步月作

苏轼在岭南闲得没事，把陶渊明的诗和了一遍。这里选几首特别精彩的，即使不是和诗也是好诗。

缺月不早出，长林踏青冥[1]。

犬吠主人怒，愧此闾里[2]情。

怪我夜不归，茜袂[3]窥柴荆。

云间与地上，待我两友生[4]。

惊鹊再三起，树端已微明。

白露净原野，始觉丘陵平。

暗蛩(qióng)方夜绩[5]，孤萤亦宵征[6]。

归来闭户坐，寸田[7]且默耕。

莫赴花月期，免为诗酒萦。

诗人如布谷，聒聒常自名。

---

1. 青冥：郁茂的树色。本句指作者在茂密的林木间漫步。
2. 闾里：指邻居。
3. 茜袂：红色衣衫。
4. 两友生：云间的月亮和地上的影子。这里用李白《月下独酌》中“举杯邀明月，对影成三人”之意。
5. 夜绩：晚上搓麻绳。这里比喻暗蛩的叫声。蛩，蟋蟀。
6. 宵征：夜行。
7. 寸田：心田，心。本句指养心休息。

和陶[1]拟古九首 其一

有客叩我门，系马门前柳。
庭空鸟雀散，门闭客立久。
主人枕书卧，梦我平生友。
忽闻剥啄[2]声，惊散一杯酒。
倒裳[3]起谢[4]客，梦觉两愧负。
坐谈杂今古，不答颜愈厚[5]。
问我何处来，我来无何有。

---

1. 和陶：次韵陶渊明的原作。
2. 剥啄：象声词，指敲门声。
3. 倒裳：把衣服穿倒，形容仓促、慌忙。
4. 起谢：起来道歉。
5. 颜愈厚：指惭愧、难为情。

和陶归去来兮辞

归去来兮，吾方南迁安得归。卧江海之澒洞[1]，吊鼓角之凄悲。迹泥蟠[2]而愈深，时电往而莫追。怀西南之归路，梦良是而觉非。悟此生之何常，犹寒暑之异衣。岂袭裘而念葛[3]，盖得粗而丧微[4]。

我归甚易，匪驰匪奔。俯仰还家，下车阖(hé)门。藩垣[5]虽缺，堂室故存。挹吾天醴(lǐ)[6]，注之洼尊[7]。

饮月露以洗心，餐朝霞而眩颜。混客主而为一，俾妇姑之相安。知盗窃之何有，乃掊门而折关[8]。廓圜镜以外照，纳万象而中观。治废井以晨汲，滃(wěng)[9]百泉

1. 澒洞：弥漫无际。这句是说苏轼被贬谪流放儋州昌化军的凄惨生活。
2. 迹泥蟠：足迹像是在泥坑中盘曲。
3. 袭裘而念葛：穿着冬天的裘衣而想着夏天的麻衣。
4. 得粗而丧微：得到了粗糙大略而丧失了精微的部分。这句是说人生无常，如寒暑穿的衣服不同，如果穿着冬衣还想着夏衣，不能随时迁化，就不能把握生命精微的部分。
5. 藩垣：篱笆和围墙。
6. 天醴：甜酒。
7. 洼尊：地窖和酒樽。洼，通“窨”，地窖。
8. 掊门而折关：毁弃门和门闩。这里指没有盗贼的淳朴生活中，家家户户不再需要门和门闩。
9. 滃：大水貌，这里是使动用法。

之夜还。守静极以自作，时爵跃[1]而鲵桓[2]。

归去来兮，请终老于斯游。我先人之敝庐，复舍此而焉求？均海南与汉北，挈(qiè)[3]往来而无忧。畸人[4]告予以一言，非八卦与九畴[5]。方饥须粮，已济无舟。忽人牛之皆丧，但乔木与高丘。警六用之无成，自一根之返流。[6]望故家而求息，曷中道之三休。

已矣乎，吾生有命归有时。我初无行亦无留，驾言随子听所之。岂以师南华[7]而废从安期[8]。谓汤稼之终枯，遂不溉而不耔(zǐ)。师渊明之雅放，和百篇之新诗。赋《归来》之清引，我其后身盖无疑。

---

1. 爵跃：麻雀跳跃，表示欣喜之极。爵，通“雀”。
2. 鲵桓：鲸鲵盘桓，比喻渊默自若的状态。
3. 挈：提携。
4. 畸人：不合于世俗的奇人。
5. 九畴：传说中大禹治洪水时，天帝赐予的九种治理天下的大法。
6. “警六用”句：警惕各种感官在观察世界时的局限，努力使自己的认识返归事物本源。
7. 南华：指庄子。
8. 安期：安期生，传说是东汉末白日飞升的仙人。

和陶影答形

丹青写君容，常恐画师拙。
我依月灯出，相肖[1]两奇绝。
妍媸(chī)[2]本在君，我岂相媚悦[3]。
君如火上烟，火尽君乃别。
我如镜中像，镜坏我不灭。
虽云附阴晴，了不受寒热。
无心但因[4]物，万变岂有竭。
醉醒皆梦耳，未用议优劣。

1. 相肖：相似。
2. 妍媸：美丑。
3. 媚悦：讨好。
4. 因：凭借，依靠。

被酒[1]独行，遍至子云、威、徽、先觉四黎[2]之舍，三首 其一

在海南写的。把“牛矢”这样的词都写进了诗里，生动地再现了苏轼当时的生活状态。
每一次贬谪，苏轼都跟当地百姓结下了深厚的友谊。
苏轼贬岭南后，就不太写词了，更多地是用绝句记录下自己的日常生活。

半醒半醉问诸黎，
竹刺藤梢步步迷。[3]
但寻牛矢[4]觅归路，
家在牛栏西复西。

---

1. 被酒：刚喝过酒。
2. 子云、威、徽、先觉四黎：黎子云、黎威、黎徽、黎先觉，苏轼被贬海南后结识的友人。
3. “竹刺”句：到处是竹刺和藤梢，让人迷惑而不能辨清道路。
4. 牛矢：牛屎。

纵笔三首 其一

寂寂[1]东坡一病翁，

白头萧散满霜风。

小儿误喜朱颜[2]在，

一笑那知是酒红。

1. 寂寂：孤单，冷落。
2. 朱颜：红润的脸蛋，年轻健康的容貌。

纵笔三首 其二

曾经的大官，贬到这天涯海角来，当地老百姓都当个新鲜东西看。苏轼只有沉默。

父老争看乌角巾[1]，
应缘曾现宰官[2]身。
溪边古路三叉口，
独立斜阳数过人。

1. 乌角巾：隐士的冠巾。
2. 宰官：泛指官吏。

庚辰岁人日[1]作 其一

老去仍栖隔海村，梦中时见作诗孙[2]。
天涯已惯逢人日，归路犹欣过鬼门。
三策已应思贾让[3]，孤忠终未赦虞翻[4]。
典衣剩买河源米，屈指新篘(chōu)[5]作上元。

1. 人日：农历正月初七称人日。
2. 作诗孙：指苏轼族孙苏府。
3. 贾让：汉代治理黄河的代表人物，曾提出治河三策。
4. 虞翻：三国时吴国人，为人正直，曾贬为交州刺史，至死都未被召还。苏轼这里有借以自况之意。
5. 新篘：指新酒。

庚辰岁人日作　其二

不用长愁挂月村，槟榔生子竹生孙[1]。
新巢语燕还窥砚，旧雨来人不到门。
春水芦根看鹤立，夕阳枫叶见鸦翻。
此生念念随泡影，莫认家山作本元[2]。

---

1. 竹生孙：苏轼自注“海南勒竹，每节生枝如竹竿大，盖竹孙也”，即竹子枝根末增生的部分。
2. 本元：指故土，出生地。

汲江煎茶

活水还须活火烹，自临钓石取深清[1]。
大瓢贮月[2]归春瓮，小杓分江[3]入夜瓶。
茶雨[4]已翻煎处脚[5]，松风忽作泻时声。
枯肠未易禁三碗，坐听荒城长短更。

1. 深清：深处清澈的江水。
2. 贮月：水舀入春瓮而月映其中，仿佛“贮月”。
3. 分江：减轻江水分量，即从江中取水。
4. 茶雨：煮茶时汤面上的乳白色浮沫。
5. 脚：茶脚。

澄迈驿通潮阁二首　其二

被赦还朝。

余生欲老海南村，
帝遣巫阳[1]招我魂。
杳杳天低鹘没处，
青山一发是中原。[2]

1. 巫阳：古代女巫名。这里以天帝喻指朝廷，以招魂喻指召还。
2. “青山”句：远处青山细如发丝，那里就是中原大地。

六月二十日夜渡海

还朝途中。

shēn
参横斗转[1]欲三更，苦雨终风也解晴。

云散月明谁点缀，天容海色本澄清。

fú
空余鲁叟[2]乘桴[3]意，粗识轩辕奏乐声[4]。

九死南荒吾不恨，兹游[5]奇绝冠平生。

---

1. 参横斗转：参星横斜，北斗星转向，指夜深。
2. 鲁叟：指孔子。
3. 乘桴：子曰："道不行，乘桴浮于海。"
4. 奏乐声：这里指涛声。
5. 兹游：这次游历，指苏轼贬谪海南的经历。

予昔作《壶中九华》诗，其后八年，复过湖口，则石已为好事者取去，乃和前韵以自解云

还朝途中。

江边阵马[1]走千峰，问讯方知冀北空。
尤物[2]已随清梦断，真形犹在画图中。
归来晚岁同元亮[3]，却扫何人伴敬通[4]。
赖有铜盆修石供，仇池玉色自璁（cōng）珑。

1. 阵马：这里指急速行驶的船只。
2. 尤物：珍奇之物，这里即指奇石“壶中九华”。
3. 元亮：陶渊明，字元亮。这句是说自己晚年也会和陶渊明一样躬耕田亩。
4. 敬通：冯衍，字敬通，东汉人，其妻悍妒。这句是说无法得到“壶中九华”石相伴晚年。

梦中绝句

传为苏轼临终之作。

楸树高花欲插天，
暖风迟日[1]共茫然。
落英满地君方见，
惆怅春光又一年。

1. 迟日：即春日。

张一南

北京大学文学博士，

现为北京大学中文系助理教授、研究员，

从事中国古代文学研究及教学。

苏轼集

作者 _ [宋] 苏轼　编校 _ 张一楠

产品经理 _ 来佳音　装帧设计 _ 郑力珲　产品总监 _ 曹俊然
执行印制 _ 刘淼　策划人 _ 于桐

果麦
www.guomai.cc

以 微 小 的 力 量 推 动 文 明

图书在版编目（CIP）数据

苏轼集 / （宋）苏轼著 ; 张一南编校. -- 济南 : 山东文艺出版社, 2021.1

ISBN 978-7-5329-6217-4

Ⅰ. ①苏… Ⅱ. ①苏… ②张… Ⅲ. ①宋诗－诗集 Ⅳ. ① I222.744.1

中国版本图书馆 CIP 数据核字（2020）第 134819 号

苏轼集

SU SHI JI

〔宋〕苏轼 著　张一南 编校

责任编辑 李　燕　**特约编辑** 来佳音

主管单位 山东出版传媒股份有限公司
出版发行 山东文艺出版社
社　　址 山东省济南市英雄山路 189 号
邮　　编 250002
网　　址 www.sdwypress.com

读者服务 0531-82098776（总编室）
0531-82098775（市场营销部）
电子邮箱 sdwy@sdpress.com.cn

印　　刷 北京盛通印刷股份有限公司
开　　本 787mm×1092mm　1/32
印　　张 6.25
字　　数 120 千字
版　　次 2021 年 1 月第 1 版
印　　次 2022 年 8 月第 4 次印刷
书　　号 ISBN 978-7-5329-6217-4
定　　价 36.00 元